**MURAKAMI
HARUKI**

MURAKAMI ASAHIDO

**ANZAI
MIZUMARU**

—随笔集—

—村上朝日堂日记—

旋涡猫的找法

〔日〕

村上春树——著

安西水丸——画

村上阳子——摄影

林少华——译

| ● MURAKAMI HARUKI ● | ● ANZAI MIZUMARU ● |
| ● MURAKAMI YOKO ● |

UZUMAKI NEKO
NO MITSUKEKATA

上海译文出版社

UZUMAKI NEKO NO MITSUKEKATA
by Haruki Murakami
Copyright © 1996 Haruki Murakami
All rights reserved.
Originally published in Japan by SHINCHOSHA Publishing Co. , Ltd, Tokyo.
Chinese (in simplified character only) translation rights arranged with
Haruki Murakami，Japan
through THE SAKAI AGENCY and BARDON-CHINESE MEDIA AGENCY.
Illustrations © 1996 ANZAI MIZUMARU JIMUSHO
Photographs © 1996 Yoko Murakami

图字：09－2003－321 号

图书在版编目(CIP)数据

　　村上朝日堂日记　旋涡猫的找法/(日)村上春树著；
(日)安西水丸画；林少华译. —上海：上海译文出版
社,2020. 5(2021.3重印)
　　(村上朝日堂系列)
　　ISBN 978－7－5327－8320－5

　　Ⅰ.①村… 　Ⅱ.①村…②安…③林… 　Ⅲ.①随笔—
作品集—日本—现代 　Ⅳ.①I313.65

　　中国版本图书馆 CIP 数据核字(2020)第 044495 号

村上朝日堂日记　旋涡猫的找法

[日]村上春树　著　[日]安西水丸　画　[日]村上阳子　摄影　林少华　译
责任编辑/姚东敏　装帧设计/千巨万工作室

上海译文出版社有限公司出版、发行
网址：www. yiwen. com. cn
200001 上海福建中路 193 号
上海信老印刷厂印刷

开本 890×1240　1/32　印张 7.25　插页 2　字数 62,000
2020 年 7 月第 1 版　2021 年 3 月第 2 次印刷
印数：10,001—13,200 册

ISBN 978－7－5327－8320－5/I·5100
定价：45.00 元

目录

译者短语

中国人一般都以为村上压根儿没来过中国，其实并非如此。

在这本旅美期间写的、本应专门写美国的随笔集里，村上却不知何故笔锋一转谈起了中国之行。这不，白纸黑字明明白白写着："六月二十八日乘全日空飞机从成田飞往大连。"此行名义上是为一家杂志做采访，实则主要为他当时正在写的《奇鸟行状录》进行现场考察和取材。不无遗憾的是，因为村上"是个极端的中华料理过敏分子"，向以饮食文化称雄于世的中国（也该他倒霉，他去的不是江南闽南岭南，而偏偏是味道浓烈而又确实油腻的东北）却让他主要靠什么压缩饼干活命。他这样写道："中国之行本身诚然兴奋至极新鲜至极有趣至极，但惟独饮食确是一场悲剧。在大连吃了日本食物，在哈尔滨吃了比萨饼（去中国吃比萨饼的傻瓜怕是找不出来)，在长春吃了俄罗斯风味红甜菜肉汤(嘿嘿，味道不好)，在海拉尔半强制性地往胃里塞了一顿名为西餐实则莫名其妙的东西……此外吃的就是粥、酸梅干和自己带去的压缩饼干。自己都觉得自己可怜。得得，何苦跑来这里吃什么压缩食品呢?"怪不得后来他再也不来中国，依我看这至少是一个相当大的原因，尽管他本人出于礼貌避而不谈。

那次中国之行是在一九九四年。九四年已有《挪威的森林》和《舞!舞!舞!》(当时叫《青春的舞步》)在中国大陆刊行。不过说实话，当时村上在中国还没有大红大紫。记得那时"大款"们也不过拿着砖头般笨重的"大哥大"(手机)套着很粗的金项链骑着摩托车一溜烟往来呼啸，"小资"、"白领"等都市文化精英尚未风生水起——就是说村上式情调还缺乏规模化的接受群体，所以村上的中国之行几乎没引起任何媒体任何群体任何个体的注意，灰溜溜来了灰溜溜走了。我看过他在哈尔滨站候车室里的照片，穿一件圆领衫，手捂一只钻进异物的眼睛，跷起一条腿坐着，一副愁眉苦脸可怜兮兮的样子。若是现在，至少被哈尔滨作协或"村上迷"们请去酒吧很文学地喝威士忌了，坐在榻榻米上美美地来一顿地道的"日本料理"也未可知。

话说回来，这本随笔集毕竟是在美国写的，主要还是写美国。但他很少写美国的大好河山、繁华都市、尖端科技以及人们的购物激情，对这些似乎缺乏足够的兴致，而大多写电影、马拉松、爵士乐、邮购、猫（十六篇中有七篇提到猫），还通过丢车遭遇对美国人口诛笔伐。从警察到保险公司女职员，在村上笔下都成了马虎、拖沓甚至以刁难人家为乐趣的负面角色，惟独对那只其貌不扬的名叫彼得的猫温情脉脉、情有独钟……

好了，其他的人家村上自己已经在后记交代得清清楚楚，我就不啰嗦了，就此打住。是为不短的"短语"。

林少华

二〇〇三年仲秋

于东京

作为为了不健全的灵魂的
体育运动的全程马拉松

大家身体都好吗——作为一本书的开头未免奇怪（毕竟不是信），但不管怎样，我反正是托大家的福健康得相当可以。脑袋诚然不灵，但四肢概无问题……不不，完全不是那么回事，实在不好意思，瞧我胡说些什么。

不过，世人对于作家的看法有一种先入之见，至少仍有不少人以为所谓作家就是天天熬夜、去文坛酒吧喝得烂醉、几乎不顾家且有一两种老病、截稿日期临近时才闷在宾馆里披头散发写东西那一群体。所以我说自己晚上一般十点就躺下早上六点起来天天跑步交稿从不推迟的时候，人家常常失望。进一步说来，有生以来几乎从不知隔日醉便秘肩酸为何物——这么说很有可能把人们对作家的神话式印象彻底摧毁。是觉得对不起，但没有办法。

　　不过，世间流行的这种自毁型作家形象，一如"头戴贝雷帽的画家"和"口叼雪茄的资本家"，乃是缺乏现实性的幻想。作家们果真过那种自暴自弃的生活，平均寿命应不会超过五十岁。其中或许也有倾向于喜欢那种丰富多彩波澜壮阔生活或断然身体力行之人，但据我所知，如今大部分职业作家都没有过那种荒唐的生活，零售实际生活片断的"私小说"占主流的昔日文坛我倒不清楚。总的说来，写小说是寂寞清苦的活计，正如乔伊斯·卡罗尔·欧茨[1]所说："静静地老老实实做事的人很少成为新闻。"

　　"问题是如果作家太健康了，那么病态扭曲心理（即所谓自我强迫症）难免消失得干干净净，文学本身岂不无法成立了？"——也有人这样指出。可是若让我说，假如扭曲心理那么容易消失，那东西压根儿就成为不了文学。不这么认为？说到底，"健康"和"健康性"是截然不同的问题，若混为一谈，可就谈不明白了。健全的身体之中存在黑魆魆不健全的灵魂的时候也是有的，我认为。

────────────

1　美国女小说家（1938—　）。

因此，这本书要传达的基本信息是："身体第一，文体第二。"倒不是说有多了不得，姑且这样有言在先。

四月到来，最令人兴奋的事，无论如何都是波士顿马拉松。就我来说，大体上听到十二月的脚步声便开始做参加波士顿马拉松的准备了。一到这时，简直就像关键性幽会的前一天下午，全身躁动不安跃跃欲试。为热身参加了当地几个五公里或十公里的短程赛，一月二月加长距离，三月参加一个半程马拉松以确认赛程情况（今年参加了新贝德福德[1]半程赛，路线十分美妙），准备进入"主战场"。即使我这样的"梅级"[2]跑手，也还是需要做相应准备的。虽然再折腾也跑不出像样的成绩，而且写作也够忙的，可我偏要折腾。若有人说"你可真够辛苦的"，那么我无言以对，因为的确辛苦。

伤脑筋的是今年冬天波士顿遭遇了百年不遇的异常气候，全城

---

1 美国马萨诸塞州的沿海城市。
2 作者曾把业余马拉松选手戏分为"松竹梅"三级，"梅"为最低一级。

埋在深雪里，十二月中旬至三月初几乎出不了城。波士顿因为离海近，冷固然冷，但一般不至于积这么多雪，可是今年一冬下雪量加起来竟有一米之多。友好的房东史蒂夫也一脸歉意地摇着头说："这很反常，春树。往年没这样的事，一搬来就让你为难了。"不用说，史蒂夫没有降雪责任，再道歉也照样下雪。

无论是我每天跑步的查尔斯河边漂亮的人行道还是清水塘周围的跑步路线，抑或大学校园里的田径场，没有一处不是冰封雪冻。脚下打滑，无论如何也跑不得。日复一日不得已而为之的门前扫雪的确是不错的运动，但我毕竟不是耍空手道的年轻人，光干这个顶不了马拉松训练。偶尔天气暖和下来积雪融化，可是这回地面又泥泞不堪，根本谈不上跑步——如此情形周而复始。

最初因不能出去跑步而心焦意躁，后来下决心要促使情况多少朝好的方向发展（即所谓 positive thinking[1]），于是开始消化平日因只顾跑步而置之度外的运动项目：沿长楼梯做爬山运动、去体育馆游泳池游泳、做循环训练、集中做使用器材的运动。三月过半之后，

1　积极思维，积极意念。

波士顿马拉松冲刺前的光景。老伯帽子
上插有两面美国国旗。形象如此醒目的人决不
在少数，其动机并非仅仅出于想惹人注目。形
象有某种特殊，一来容易同沿途的人沟通，二
来可以因此而多得一些鼓励。声援的人也容易
打招呼："国旗老伯，加油！"被声援的人因
此斗志倍增。当然，单单想惹人注目的人也是
有的……我的样子却极普通。

地面好歹干了，多少做了一点 LSD（慢长跑练习）。不过老实说，在最关键时期练不成长跑是很难受的事。

此次波士顿马拉松对于我是第三次，但此次是第一次作为"当地选手"上场，心情相当不坏。有了几个熟人，甚至有人说要去声援。波士顿市民最喜欢波士顿马拉松，俨然一年一度的盛大节目，有时间必定特意出门声援和观看。房东史蒂夫也好每月为我剪发的美容师雷尼也好，都说要去看。翻译我的小说的杰伊·鲁宾（本职是哈佛大学的老师）也说在"撕心裂肺山"[1]那里等着递我一个柠檬。我所在的大学的学生也都说前去声援。看来，我得加油才行。

话虽这么说，但也许是由于冬训不够或年龄关系（我是觉得年龄并不大），今年的波士顿马拉松跑得相当吃力。开始倒健步如飞，但快要跑完三十公里的时候陡然感到脚步的沉重今年比往年来得快，可惜晚了。结果，三小时四十分好歹跑了下来，但最后已经上气不接下气，脑袋里转的全是想喝冰镇啤酒的念头，双腿只是机械地向前移动。

---

1 原文为 Heartbreak hill，意思是"令人撕心裂肺般悲痛的山"。

不过，就算纪录多少有所浮动，就算有时高兴有时懊恼，波士顿马拉松也还是无论什么时候跑都给人以美妙感受的比赛。因是中午十二点开跑，一路上家家户户边看赛跑边烧烤的气味从院子里扑鼻而来。当父亲的坐在帆布椅上，一只手拿着冰镇啤酒，津津有味地啃着烤鸡。拿到院子的大型收录机中淌出雄壮的《洛奇》主题曲给选手们打气。除了正式供水点，满城的孩子们都跑到路边向选手们递上水和橙片。在赛程正中间附近的韦尔斯利女子学院前面，女大学生们齐刷刷地排列着，用顶大的声音一齐高喊加油（这是传统）。由于声音过大，震得右耳嗡嗡直响，什么也听不见。旅居波士顿的日本人沿路用日语让我坚持到底。这样的声援在那座"撕心裂肺山"那里达到高潮。目睹年复一年无一例外——几乎一模一样——出现的这些熟悉的光景，听其喊声，嗅其气味，跑的当中胸口不由一阵发热：啊，今年又回到老地方了！这以前我在很多地方跑过很多马拉松，但像这里整座城市都为比赛沸腾的地方好像此外还没有——在波士顿，即使我这样的梅级跑手也能真切感受到那种气氛。纽约和火奴鲁鲁的当然也是愉快而成功的马拉松，但波士顿还是有与之不同的 something else[1]。

下次还参加。

马拉松这东西，在某种意义上是相当奇异的体验。我甚至觉得人生本身的色彩都会因体验和没体验过马拉松而大不相同。尽管不能说是宗教体验，但其中仍有某种与人的存在密切相关的东西。实际跑四十二公里的途中，难免相当认真地自己问自己：我何苦这么自找苦吃？不是什么好处都没有吗？或者不如说反倒对身体不利（脱趾甲、起水泡、第二天下楼难受）。可是等到好歹冲进终点、喘一口气接过冰凉的罐装啤酒"咕嘟嘟"喝下去进而泡进热水里用别针尖刺破胀鼓鼓的水泡的时候，又开始满怀豪情地心想：下次一定再跑！这到底是什么作用呢？莫非人是时不时怀有潜在的愿望，存心要把自己折磨到极点不成？

其形成原由我不大清楚，反正这种感受是只能在跑完全程马拉松时才能出现的特殊感受。说来奇怪，即使跑半程马拉松也没有如

1　意为"某种别的东西"。

此感受，无非"拼命跑完二十一公里"而已。诚然，半程说辛苦也
够辛苦的，但那是跑完时即可整个消失的辛苦。而跑完全程马拉松
时，就有无法简单化解的执著的东西在人的（至少我的）心头挥之
不去。解释是解释不好，感觉上就好像不久还将遭遇刚刚尝过的痛
苦，因而必须相应做一下"善后处理"——"这个还要重复的，这
回得重复得好一些才行！"正因如此，前后十二年时间里我才不顾
每次都累得气喘吁吁筋疲力尽而不屈不挠坚持跑全程马拉松——当
然"善后处理"是一点也没处理好。

　　或许有人说是自虐，但我认为绝不是仅仅如此，莫如说类似一
种好奇心，类似一种力图通过一次次增加次数一点点提高限度来把
自己身上潜在的、自己尚不知晓而想一睹为快的东西一把拉到光天
化日之下的心情……

　　细想之下，这同我平时对长篇小说怀有的心情几乎一模一样。
某一天突然动了写长篇小说的念头，于是坐在桌前，数月或数年屏
息敛气将精神集中在极限状态，终于写出一部长篇。每次都累得像
狠狠拧过的抹布，啊，太累了，累死了！心想再不干那种事了。不
料时过不久，再次心血来潮：这回可要大干一场！又死皮赖脸地坐

在桌前动笔写长篇。然而无论怎么写无论写多少都仍有凝结物沉甸甸地残留在肚子里。

相比之下，短篇小说就好像十公里赛，再长不过是半程马拉松罢了。不用说，短篇自有短篇的独特作用，自有其相应的文思和愉悦，但缺乏——当然是对我而言——深深触及身体结构本身的那种决定性的致命性质的东西，因而"爱憎参半"的东西也少于长篇。

马拉松跑完后，去终点附近科普利广场里面的波士顿最有名的海鲜餐厅"LEAGAL SEAFOOD"喝蛤肉汤，吃一种惟独新英格兰地区才有的我喜欢吃的海贝。女侍应生看着我手中跑完全程的纪念章夸奖道："你跑马拉松了？嗬，好有勇气啊！"非我瞎说，被人夸有勇气有生以来差不多是头一次。说实话，我根本没什么勇气。

但不管谁怎么说，有勇气也好没勇气也好，跑完全程马拉松之后吃的足够量的热气腾腾的晚餐，实在是这个世界上最美妙的东西之一。

不管谁怎么说。

去得克萨斯州奥斯汀。
犰狳和尼克松之死

跑完波士顿马拉松的第三天（四月二十日），坐飞机去了得克萨斯州奥斯汀，应邀在这里的得克萨斯州立大学待了五天。在大礼堂算是做了一次讲演（累，累啊），在当地书店签名售书，两个晚上宴请……把以往去美国大学的模式大体重复一遍。见了各种各样的人，说了各种各样的话，看了各种各样的地方，吃了各种各样的东西。我因为平时不怎么见人，偶尔来这么一次觉得相当新鲜，既可练习英语会话，又多少成了文化交流（实际上成了与否另当别论）。不管怎样，都是在日本不至于做的事……

没有特别安排的那天夜晚，同当地美国大学生去了街上的爵士乐俱乐部和布鲁斯俱乐部，尽情喝着当地一种黑啤说说笑笑。这让我觉得自己的大学时代似乎刚刚过去，但细想之下，这些学生说是我的孩子都没什么奇怪。哎呀哎呀，果真岁月如流水。

这奥斯汀虽是得克萨斯州的首府，但规模很小，根本无法与同在州内的休斯敦和达拉斯那样的大都会相比。本来是个由政府机关和大学构成的安静地方，不料也许由于学生多的关系，音乐俱乐部多得不得了。一到日落时分，街上便满是音乐和得克萨斯风味墨西哥菜的香味，十分热闹，和白天相比简直是两个城市。依学生们的说法，住在奥斯汀的几乎全是音乐家或自称为音乐家的人。的确，走在街上，录音室触目皆是，怀抱乐器的人也为数不少。看来人们都租借录音室灌制试用唱片拿去广播电台。所以，去唱片店也是往日的塑料密纹唱片比 CD 吃香。

在众多俱乐部之中，名叫"安特斯"的专业布鲁斯俱乐部尤为纯正地道其乐融融。只是，这家俱乐部真正上来气氛要在半夜十二点之后，而我一向早睡早起，一下子习惯不来。

不过奥斯汀确实是住起来舒服的城市。提起得克萨斯，往往让人联想到荒凉的沙漠和无边的平原——实际上那样的地方也占了大

死去的犰狳。在奥斯汀路上。

半——但奥斯汀距那种一般性的得克萨斯印象有几光年之遥。清澈的河水从城区流过，满目苍翠，徐缓的丘陵绵延开去，到处充溢着实实在在的书香。几年前接受赛博朋克[1]作家布鲁斯·斯特林采访时（其实基本是此人唱独角戏），他对我说："我在奥斯汀住，地方好极了。务必来看看，作家也有不少。"遗憾的是布鲁斯正在意大利旅行，未能见到。

不知何故，我在这座城市特受欢迎，名誉市民证书（是证书吧）都拿到手了。得这东西生来还是第一次——刚要说出口时，猛

1　20世纪70年代后半期出现的关于新科幻小说的概念。主要特点是人与计算机可以自由交流，主人公多有暴力色彩。

然想起以前在希腊的罗得岛旅居一个月期间也曾领得一张名誉岛民奖状。罗得那地方也极够意思。

在奥斯汀那几天我罕见地一次也没跑。刚跑完马拉松，想稍微放松一下身体，跑步鞋都没带。

星期六早上正在旅店附近的咖啡馆吃早餐时，拿菜单来的女侍应生开口就说"理查德·尼克松死了"。"哦，是吗，死了？"我说了一句。交谈至此为止（不知道往下说什么好）。不过，这位前总统之死，对于一般美国人来说，似乎具有出乎预想的——出乎我们日本人想象的——重大意义。葬礼那天，公立学校、政府机关和银行一律休息，邮递员也休息了，也就是说全都在静静服丧。总统在职期间固然有种种是非，但最后还是默默原谅他吧，和解吧——世间大多数人大概都是这样的心情。

后来翻译报道尼克松死讯的杂志，见上面有他平时常说的这样一句话：

"Always remember, others may hate you, but those who hate you don't win unless you hate them."

　　奥斯汀街头的猫。文中也写了，
不知何故，这里猫多得不行。无论哪
个国家，猫这东西都各自拥有类似对
号入座的场所，在那里显得无比幸福。
这只猫也很愿意和人亲近，叫它一声
就凑上前来。

译过来大约是："好好记住这点，即使别人憎恨你，他们也不可能把你打倒，除非你又憎恨对方。"话虽简单，但极有味。理查德·尼克松决不是我所喜欢的那类政治家、那类人物（对我们这代人来说，此人乃是天敌），但仍不能不佩服他的精神力量和毅力——尽管水门事件给他打上"在美国留下污点的历史罪人"的烙印，但他在下台后二十年时间里依然咬紧牙关默默承受着命运的重压，据说此间他也认真地考虑过死。不过，尼克松是虔诚的教友派信徒，那样的台词有可能作为一种实用性说教从小就被灌输到脑袋里了。当然也不是说说教就不行。

不管怎样，奥斯汀是个猫多得不得了的城市，而且哪一只猫都和人亲近，叫一声马上"喵喵"答应着凑上前来（美国猫用日语招呼也照样走来，不可思议）。白天我坐在旅店有阳光的游廊里静静看书（科马克·麦卡锡和菲利普·卡尔的小说哪本都妙趣横生），喝当地的黑啤，和附近的猫没完没了地嬉闹，度过了得克萨斯一个风和日丽心旷神怡的春日。如此时间里，深深觉得"有游廊的生活"真是很妙。波士顿的气候就做不到这一点。在这样的地方安安稳稳打发余生的确不坏，尽管余生距我还有一小段时间。

　　返回波士顿的第二天（四月二十六日）我去听了波士顿交响乐团的音乐会（够忙的）。此日客串指挥是贝尔纳尔德·海廷库[1]，曲目是勃拉姆斯 1 号交响曲。波士顿交响乐团的音乐会在当地也受欢迎，游客乘飞机跑来买票并非易事，但我因有季票，这方面毫无问题。问题莫如说是椅子硬和前后排中间距离太窄。老音乐厅，格调诚然无可挑剔，只是屁股和腿相当不好受。

　　平时我就喜爱海廷库真诚、柔和、具有沉静感染力的音乐，这天晚上的演奏作为演奏本身也无懈可击，然而音乐中缺少某种毅然撼人心魄的东西，火焰未能熊熊燃烧。今年演出季节的波士顿交响乐我一共听了七次，遗憾的是基本都是这样一种感觉。是好的演奏，但不能从心底热起来。也可能仅仅是我的运气不好。因为过去在东京听过一回小泽征尔[2]指挥的这个交响乐团的演奏，而那时候的确不同凡响。记得当时也是勃拉姆斯 1 号交响曲，然而其中有一种强

1　荷兰指挥家（1929—　）。
2　日本指挥家（1935—　）。

烈叩击心弦的什么。也许大凡艺术无不如此——其本身质量之高和反正就是让人心里燃烧是两回事。

但是，每次去听波士顿交响乐团的音乐会，我都为住在波士顿感到欣喜。较之在纽约听"爱乐"，在波士顿听波士顿交响乐团心情不管怎么说都妙不可言。或许这终究不过是我的偏见。

四月二十九日，在剑桥城的爵士乐俱乐部听了索尼·罗林斯[1]的演奏（还是用英语说 Sunny Raw-lings 听起来像那么回事）。这个委实天崩地裂。罗林斯虽然年龄应有六十四岁，但没有那种与年龄相伴而来的枯萎滞涩之感，这点非同一般。精力的充沛远在艺术之上，怒涛狂泻，淋漓酣畅。感觉就像是"尽倾自己所有"。兴致上来，举重若轻地连吹了二十支合唱曲。听说此人过去来日本时，在为游玩而去的夜总会里有人请他吹奏一曲，于是他接过乐器，结果从晚上九点连续吹到翌日早上五点。当时听了半信半疑，而现在心想如今尚且如此，过去很可能实有其事，也让我再次认识到人终

1　美国黑人爵士乐萨克斯管演奏家（1930—　）。

普林斯顿大学的马丁。别看他在院子里悠然自得地烧烤，其实是很了不起的老师。这地方是我住的教员宿舍的中院，每到休息日大家就聚到这里烧烤，烧得热火朝天。夏日傍晚，到处弥漫着呛人的烧烤味儿。烧烤和牛肉火锅一样，属于男人的活计，一般都由一家之长动手。炭火的火候啦特制酱油啦，往往各有一家之言。不过老实说来，味道哪里都大同小异。马丁是英国人，看情形，对烧烤好像还不大在行。

　　松鼠。猫们倒是绞尽脑汁捉松鼠，但松鼠非常小心，一般不至于给猫捉住。松鼠脑袋总是不忘测量和树木之间的距离，一旦有外敌进入视野，立马一逃了之。看来，松鼠的"人生"只有两件事：逃跑和觅食。性交时不时也是有的，可是这样子，简直……也罢，不说了。

究"身体第一"。不久前同在这家俱乐部听的同是次中音萨克斯手的乔·亨德森（年纪上此人年轻七岁）的演奏多少有些才情枯竭甚至走投无路。相比之下，不能不佩服罗林斯到底身手不凡。这么说也许不合适——在音乐上时至如今并无可取之处，然而一旦在眼前听起来，还是要被其彻底俘获，为之心悦诚服。肯定是因为其与生俱来的作为人的能力比一般人大得多。然而惟其如此，"天才总是辛苦的"这一切切实实的感受也如影随形。真想在俱乐部里亲耳听到他年轻时候那种没有后顾之忧的响遏行云的全盛时期演奏，现在这么说倒是无可奈何了。

这天晚间座位费二十美元，饮料四美元。波士顿的俱乐部比纽约便宜得多。

写到这里，忽然想起上高中逃学在家躺着看早间电视时，看见过罗林斯在"小川宏表演会"上吹奏《去中国的小船》的情景。今天如何不晓得了，当时的晨间表演似乎非常大胆。只是由于时间关系，仅能吹奏几支合唱曲，作为精力旺盛的罗林斯可能有所不满。

大致与此同时，刚刚因《钻石戒指之恋》而走红的加里·刘易斯和花花公子来日访问的时候也曾在哪里一个早间秀上演唱。我还真切地记得主持人（谁来着？）拙劣模仿加里的父亲杰瑞·刘易斯时，旁边加里可怜的脸上一下一下抽搐不止（人这东西总是对无所谓的事情记得清清楚楚）。

从波士顿开车穿过康涅狄格州、纽约州，跨过塔潘齐大桥，前往久违了的新泽西州的普林斯顿大学。目的是与作为客座教授住在当地的河合隼雄[1]氏进行公开对谈。对谈题目是"关于'物语'在现代日本的意义"，预定在《新潮》杂志上发表。这个很有意思。我不大擅长在人前讲话，事先也没怎么考虑以什么为话题。不料讲的过程中种种话题纷至沓来，不如说是意犹未尽。河合先生和索尼·罗林斯应该是同代人，而精力较之罗林斯有过之而无不及。一起吃了两三次饭，其旺盛的精力让我深为折服。"精力嘛，精力多得若给人吹捧两句，除了杀人什么都干得出。"他这样说道。我的精力可

1　日本文艺评论家、日本国际文化研究中心主任（1928—　）。

是没多到那个程度，我觉得。

在普林斯顿，每天早晨都沿着湖（本来更像运河）边悠然自得地跑步，实在好久没这样跑步了。边跑边观望四周景物，惊讶地发现植物和动物长得和波士顿相当不同。波士顿同普林斯顿之间开车才相距五个小时，在美国只能算是"近距离"，而气候却有不小差异。我家太太发牢骚说由于南下的关系，花粉症加重了。美国今年冬天格外寒冷，花粉的势头似乎也比往年厉害。所幸我眼下几乎同花粉症无关，得以尽情享受普林斯顿草木葱茏的初夏。太太说我"你倒是舒服了"，那么说可是不大好办。

对了，看下页的图即可得知，普林斯顿生息着在全国也相当罕见的黑松鼠。记忆中不曾在美国其他地方见过黑松鼠。为什么单单普林斯顿周边有黑松鼠繁殖呢？说法莫衷一是。最有说服力的说法是生物学试验室养的跑去外面繁殖了。另一说认为是大学当局引进的，以弥补学生总数中黑人学生所占比例之少。这当然是随便开的玩笑，不过在这里住久了，觉得作为说法颇有真实性。因为普林斯顿大学多少有这么一种孤高之处。

细细观察，似乎黑松鼠只跟黑松鼠交往，普通松鼠只跟普通松鼠在一起。黑松鼠和普通松鼠亲亲密密结为夫妇的例子遗憾的是我从未见过。看来这个问题极为复杂——至于怎么复杂我也稀里糊涂。左下图是一对普通松鼠在我家门前草坪上于光天化日之下"成其好事"的照片。眼神非常认真非常可爱。干这种事也必须认真，嬉皮笑脸地大动干戈可是讨人嫌的哟！

△　正在"成其好事"的松鼠
▽　普林斯顿的黑松鼠

吃人的美洲狮和变态电影和
作家汤姆·琼斯

　　近来看报，有篇报道说一个可怜的散步者给美洲狮吃了。事件发生在加利福尼亚州萨克拉门托西北一个度假区，遇害者是一位名叫芭芭拉·舒娜的四十岁女士。吃她的是一只三四岁的母狮。它把没吃完的舒娜尸体用树叶盖了，第二天又来接着吃（这大约是美洲狮的一般习性，原先我不知道的）。正吃着，被发现尸体后埋伏在那里的猎手们开枪打死。

　　报纸上刊登了那头死狮的图片。小豹般大小，牙齿一看就很锐利。一段时间里因其数量发生全国性减少而被指定为"濒临灭绝危机的兽种（endangered species）"，但由于保护政策的关系，近来数量略有增多。在纽约中央公园跑步的女性即使大白天也必须小心遭人强暴（这个动辄发生），而稍一离开城市，这回又要提防被美洲狮或灰熊吃掉。更有甚者，用来福枪狙击跑步中的总统都在计划之中。看来美国的跑步者全然轻松不起来。

我在希腊跑步时也常有狗扑来，吓得我一身冷汗。那里的狗几乎全是牧羊犬或其后裔，被训练得惟以保护羊群驱逐异己为天职，扑过来是要动真格的。虽说比不上美洲狮，却也相当可怕，马虎不得。再说当地一般没有闲得跑步之人，所以一瞧见有人跑步，狗们就一致认为"正有异常事态发生"，愈发群情激愤。这么着，我遭遇了好几次险情。

在土耳其旅行期间，狗比希腊还多还凶，以致一次也没敢跑。如此看来，可以让一个老大不小的汉子一大清早就闲来无事而特意跑上十多公里的国度，在世界范围内想必是例外的存在。按理，即使不故意那么折腾也能在日常生活中自然保持足够的运动量、保持营养平衡的状态当然再好不过，问题是很难那么如愿以偿（尤其小说家怕是很难）。

而且在美洲狮眼里，独自在山里边屁颠屁颠奔跑的人只能是其正中下怀的饵料，扑上来吃了恐怕也是作为美洲狮的"通常营业行为"。所以，事情从好坏的观点去看是说不大清楚的，毕竟在山里给美洲狮突然扑来大口小口吃了不算是快意的死法（但若你问我哪种死法快意，我也不好回答）。往后注意尽可能别在美国的山里乱跑。

同跑步这一健康行为大约处于正相反位置的（虽然我偷偷心想实际上并不尽然），乃是那个约翰·沃特斯的超级变态电影。他的新片《杀心慈母》在美国评价还过得去，放映的电影院虽然不多，但放映期间相当长，在文艺界也算是不屈不挠的。当然，毕竟是凯瑟琳·特纳 [1] 主演的娱乐影片，没有过去那种势不可挡的恶劣趣味、下流和变态。虽然玩笑开得带有乡下味儿，温吞水似的，但作为近来已变得不甚尖酸苛刻的美国影片，优雅的部分仍然很见功力，看得我相当开心。不错！沃特斯基本娱乐化之后的《哭泣宝贝》(Cry-Baby)、《发胶》(Hairspray) 等作品也十分引人入胜，但《杀心慈母》没有像以往那样逃入塑料的人工世界，而是与现代打擂台，这种地

----

1 美国女电影演员（1954—　）。

方十分令人敬佩。

可是，最近在附近一家电影院第一次看的沃特斯旧作《女人的烦恼》(*Female Trouble*。一九七四年。迪万主演) 实在出乎意料地一塌糊涂。这个也好，他的《粉红色的火烈鸟》(*Pink Flamingo*) 也好，居然有闲工夫拍摄这么无可救药荒诞不经的影片，脑袋里到底想的什么? 喜欢倒是喜欢。

那家电影院一不做二不休，索性搞了个"约翰·沃特斯电影周"，上映他的所有作品。波士顿近郊的 Sick (是 Sick 而非 Chic[1]) 男女从大白天就云集此处，一齐捧腹大笑。好事。同样变态的肯·罗素[2] 近来已乏善可陈，务请另一位枭雄约翰·沃特斯以后也大张旗鼓——有如此想法的恐怕不限于我和所谓"变态电影迷"的"拜领小姐"[3]。

这家电影院名叫"布拉多尔影院"，位于剑桥的哈佛广场。也许因为观众大部分是哈佛大学吵吵嚷嚷的大学生，所以经常上映相当晦涩的电影，例如《年轻时候的罗伯特·米查姆特集》之类放个没完

---

1 Sick 意为"病态"，Chic 意为"潇洒"。二者在日文中写法相同，故有括号内的说明。

2 英国电影导演 (1927—)。

3 对前来领取稿件的女编辑的戏称。

没了，然而还真有人看。每个月发行一本名叫《本月上映电影预告》的小册子。不过这东西做得相当精美，一看就让人欢喜。电影专家斋藤英治来玩过一次，看了这家电影院，深有感触地说："厉害呀，春树，我真想住在这里！"

五月十八日去纽约。目的是为《纽约客》杂志文艺特别号拍照片。指定的宾馆是四十二号街《纽约客》编辑部附近的"皇家通"或"阿尔刚昆"。"阿尔刚昆"未免文艺味儿太浓，遂住进据说是菲利浦·斯塔尔克[1]设计的"皇家通"（这里颇有约翰·沃特斯风格，令人不快而又令人不厌，但餐厅从点菜到上菜极花时间。早餐点的法式煎蛋等了一个钟头也没上来）。前来拍照的作家有约翰·厄普代克[2]、安·比蒂、鲍比·安·梅森、牙买加·琴凯德、迈克尔·夏邦、尼克尔森·贝克、罗伯特·麦克斯韦等人，都是在《纽约客》上见识过的作家（一共十人左右）。

---

1 法国室内装饰师、建筑师（1949—　）。
2 美国作家（1932—　）。

　　为我们拍照的是理查德·阿维顿，此人到底别有风格。类似画框那样的东西事先已设计准确，拍照本身非常迅速。"好了，都请站这边来，头稍往这边歪一歪……好好，就那样别动！"转眼拍完。据我的经验，一般来说摄影师技术越好，速度也越快。拍照前后有个类似晚会的聚餐，前来拍照的作家们都参加了，我得以一边喝葡萄酒吃零食一边同他们交谈。美国幅员辽阔，作家相聚的机会不多，几乎所有人互相之间都像是初次见面。

　　很多作家聚在一起，终究表现出了不同的个性。牙买加·琴凯德最为高深莫测风流倜傥，尼克尔森·贝克个头鹤立鸡群且最为平易近人（近作《休止符》*Fermata* 遭到女读者围攻，估计仍为此心有余悸），鲍比·安·梅森个头最小且最为眉清目秀，约翰·厄普代克依然一副首领派头。交谈中我觉得最风趣的是来自华盛顿州的汤姆·琼斯（Thom Jones）。我因为懒惰没看过此人作品，可当我举出雷蒙德·卡佛、蒂姆·奥布莱恩、科马克·麦卡锡等我所喜欢的作家名字时，他斩钉截铁地断言："那么，你绝对会喜欢我的书。"

《纽约客》编辑　琳达·亚莎女士

　　这么说是不大合适——汤姆·琼斯一看就知是个怪人。从远处扫上一眼，心里便嘀咕"这家伙怕不地道"。事后问编辑，编辑说"是个出色的作家，可惜不正常"。果然如此。不过人决不难接触。年龄同我相仿，经历相当奇特。他说："在越南陷得很深，弄得脑袋出了点问题。跑去法国东游西逛，最后在广告公司找到事做，在那里干到四十来岁。我有手段，钱赚得太多了，多到无聊的地步（我一直开'捷豹'，'捷豹'哟），就当了学校的勤杂员，当了五年。那期间看了很多很多书，心想那么我也能写东西。于是打算先重返广告行当重操旧业。不料人家不许我回去，说我不地道——离开赚钱的广告代理公司特意半路出家去小学当勤杂员，且一当五年，这样的家伙不地道（※ 对方的心情不难理解）。这么着，我就想当作

　　剑桥（坎布里奇）我家附近路旁开的红花。
漂亮啊！什么名不知道，请别问我花的名称。
对花不甚了了。对了，在这一带一度见过雷鸟
（grouse）。怕是相当罕见，房东史蒂夫特意
叫我："快来看呀，那里有雷鸟！"虽是普通
的城市住宅区，但如此看来，离大自然意外地近。

家，写了篇小说寄给《纽约客》，结果被采用了，于是成了作家。头一炮就在《纽约客》，够出格的吧？"

因为他是喝着葡萄酒连珠炮似的讲述的，可能有点误差，但大体是这么个线条。我相当中意这类人。汤姆也在分别时说："我跟作家交谈从没怎么觉得有趣，可是和你交谈非常有意思（※ 未必不是外交辞令，但他的神情十分认真，绝非讲外交辞令的神情）。

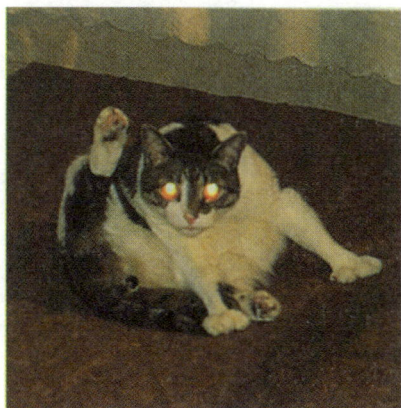

另外要看奈保尔[1]的×××。要是没意思，书款我付，记住了？"

我见他席间当宝贝似的拿着一个脏纸袋走来走去，遂问那是什么，

他说："啊，这个么，是糖尿病的药。"什么时候还想见他一次。

分手后在书店买他的短篇集《拳手歇了》(*The Pugilist at Rest*) 看了，

的确有冲击力，有深度，又引人入胜。

---

1 英国作家（1932—　）。著有《在自由国家》等。

这个夏天我在中国、蒙古旅行，
在千仓¹ 旅行

六月二十八日乘全日空飞机从成田²飞往大连。此行是为了给一家杂志采访，同摄影师松村君两人去中国东北地区和蒙古共和国转两个星期。不过不仅仅是为杂志采访，作为我还有为眼下正在写的一部小说（《奇鸟行状录》第三部）进行个人采访的目的。或者不如说这个目的主要得多，虽然这么说有些明目张胆。不管怎样，由于我无论如何都想去一次中国这个国家，此次采访在感觉上不过是个"渡轮"罢了。毕竟在现阶段只身一人去中国内地从现实角度

---

1 位于东京东南、千叶县房总半岛南部的镇，面临太平洋。下文的白滨在其附近。
2 东京的国际机场。

来说是极其困难的。

这么说来，似乎一切都顺顺当当如愿以偿，但我在这次旅行中其实有一个非常严重的个人问题。所谓一个严重问题，就是我是个极端的中华料理过敏分子。从小我就深受偏食倾向之苦，长大以后经过努力很多东西都能吃了——事实上也差不多吃了所有东西——而惟独中华料理无论如何都绝对不成。光是从千驮谷的"希望轩"门前经过（就在我家附近，时常经过）心情都不好受。横滨中华街那里横竖游逛不得。别说中华街，一闻烧卖味儿都受不了，甚至因此不愿在横滨站下车——过敏症便重到这个程度。出生以来拉面什么的一次也没吃过。这么说大家都好像以为我在开玩笑，可这的的确确实有其事。有好几次被请去中华料理店吃饭，而我根本没有动筷，尽管感到歉疚。

事情为什么这个样子呢？理由不得而知。我猜想大概是"幼儿体验"那类玩意儿造成的，可是想不起来到底在哪里发生了什么。说不定有希区柯克《爱德华大夫》那样的秘密隐藏在什么地方。但不管怎样，存在这种未吃先厌的情绪这点是确切无疑的。作为证据，我家太太做了好几次根本看不出是中华料理的中华料理让我吃，而我只吃一口就识破了。有一种隐隐约约的香味儿或什么气味儿敲锣打鼓一般在我耳边炸响，告诉我："这可是正正经经的中华料理，只不过样子偶然不像罢了！"

如此一来二去，我那位性格相当固执的太太也终于心灰意冷，不再矫正我的中华料理过敏症，她自己想吃中华料理的时候就约别人出去吃。据说前几天她独自去拉面馆吃拉面时，遭到邻座一伙女孩的抢白："就算上了年纪，我也不想成为一个人闷头吃拉面的女人。"结果她转而对我大发雷霆："就怪你，就怪你不吃拉面！"所以，在哪里看见独自不声不响吞食拉面的四十左右的女人时，千万别冷嘲热讽。人各有自己的种种具体情况。若是遭到嘲讽，她必定回来拿我出气。

"反正不吃拉面是人生一大不幸——真好吃啊！"她说。或许真是那么回事。如果可能，我也很想把大凡摆在眼前的东西不由分说一扫而光。那一来，我推想这个世界肯定变得简洁明快，变成幸福乐园。问题是不管我怎么想，只要稍一看见干笋啦、带有飞龙图案的大碗盖浇饭啦，我的勇气还是像梅雨时节的烟花一样一点点萎缩回去。

　　千仓海岸的"海之家"。小时候我在海岸附近住过好几年，每年都作为"例行公事"目睹"海之家"在7月初乒乒乓乓搭建起来，又在8月末哗哗啦啦拆除一空。每到拆除的时候，暑假也差不多结束了。浪大，还有水母。作业也必须完成。水母当然不会帮我做作业。如此这般，情景是很让人伤感的。我倒是一次也没同"海之家"打过交道……

这样的人前往几乎只有中华料理的中国，事态无疑非比寻常。我这么如实对编辑一说，对方一副不以为然的口气："哦，你吃不了中华料理，那是有点麻烦。不过拉面饺子什么的总能吃吧？不要紧的！"看来此人一无所知。若是能吃拉面饺子之类，我也不至于抱怨嘛。于是我详细解释了一番。"是吗？就那么不喜欢？那是为难啊！"说法倒像非常同情，而眼睛却充满笑意，一点也不为难。辛劳和痛楚这东西，若非实际降临到头上，别人是没办法正确理解的，尤其在不是一般种类的辛劳和痛楚的情况下，如此倾向更为明显。

从结果上说，旅行期间最终什么也没吃。中国之行本身诚然兴奋至极新鲜至极有趣至极，但惟独饮食确是一场悲剧。在大连吃了日本食物，在哈尔滨吃了比萨饼（去中国吃比萨饼的傻瓜怕是找不出来），在长春吃了俄罗斯风味红甜菜肉汤（嘿嘿，味道不好），在海拉尔半强制性地往胃里塞了一顿名为西餐实则莫名其妙的东西。在蒙古边境附近一个小镇上用点火器煮荞麦面条吃了。此外吃的就是粥、酸梅干和自己带去的压缩饼干。自己都觉得自己可怜。得得，何苦跑来这里吃什么压缩食品呢？这么着，中国之行一塌糊涂。

离开中国去蒙古也是一样，全国上下到处是羊膻味儿，简直忍无可忍。去土耳其内地旅行时的确也为铺天盖地的羊膻味伤脑筋来着，好在土耳其吃羊肉以烧烤为主，膻味是一次性的，不很厉害，风一吹就跑掉了。而且膻味很干，想忍受也能忍受，硬着头皮吃也不是不能吃。可是蒙古主要的吃法是用水"咕嘟咕嘟"煮烂，致使水煮羊肉味儿无可救药地深深渗入全世界所有物件之中。毫不夸张地说，从车座到钞票全都膻味儿扑鼻，弄得我根本上不来食欲，什么心情都上不来。总的说来，我是个喜欢清淡食物的菜食鱼食主义者，肉类几乎不入口。牛肉的瘦肉部位偶尔吃一次，烤肉店则一次也没进过。火锅我也只吃蔬菜和魔芋粉丝。所以老实说很不好受，真的很不好受。这以前经历了许许多多艰难困苦的旅行，但在饮食方面如此狼狈还是第一次。说实话，现在的身体情况都好像别别扭扭的。

在蒙古一个村庄里去村长家做客，村长杀了一只羊招待我，活活一场苦难。羊是在眼前杀了处理掉的，在汤里涮一下，就连骨头一起端上来一大盆，这东西我死活吃不下去。但毕竟我算是一座主宾，大家都眼睁睁看着，主人劝我吃我不能不吃。"对不起，吃肉并非 politically correct[1]"——这么说是行不通的。这里不是马萨诸塞州剑桥。于是囫囵吞枣似的吃下一点点。

实话实说，摄影师松村君也对付不了羊肉，遂说"我实在吃不来这东西"。因为人家是摄影师，所以道一声"对不起我去那里照一张相"，就随即离席去外面把放进嘴里的东西随便吐在哪里了事。而我无论如何不能那样，只好把嘴里的东西整个吞咽下去。肉味儿实在膻得难以忍受，为了冲淡膻味儿，便大口大口喝主人递过来的酒。酒的确正好用来消除羊肉的膻味儿，但终因酒精度数太高，加之劳顿和紧张，席间我几乎人事不省。对方好意招待这点固然不胜感激，但那天晚上又是羊膻又是醉酒，简直昏天黑地。真不太愿意回想当时的情景。

七月十八日，也是为了恢复在中国和蒙古倍受摧残的我的饮食生活，和我家太太两人去千仓玩了两天一夜。本来的目的是试开从熟人手里买的二手车，同时访问住在白滨的落田谦一和洋子夫妇（说

1　意为"政治上妥当的事情"。

起来，我曾用这对夫妇的画装饰过书的封面）。听我这么一说，在千仓长大的安西水丸[1]说"那么我也一起去好了"。不用说，有当地人陪同，我的胆子也壮了起来。

水丸同我们下榻的"千仓馆"主人铃木君也很要好，晚饭后两人兴之所至地去哪里玩耍（我因蒙古羊后遗症的关系，刚到九点半就困得昏昏沉沉），我半开玩笑地叮嘱道："水丸，你们俩莫不是去菲律宾酒吧？"画伯[2]温和的脸上一瞬间现出严峻的神情："何至于，我哪里会去那种场所呢？"把我并非全无根据的一丝疑念轻轻抹去。我也自知怀疑别人不好，但最终两人那天晚上去向不明。

白滨与千仓之间沿海岸有一座桥（我擅自命名为"千仓镇桥"），那条人行道的石板上嵌有本地伟人安西水丸的两块瓷砖画。除了水丸的，还排列着当地小学生的画。不甚有鉴赏眼光的狂傲之徒说什么"看不出哪个是水丸先生的画哪个是孩子们的画"，其实绝无此事。两块画简洁美观、温情脉脉，有兴趣的人务请亲眼看看，马上就可

---

1 日本画家（1942— ）。毕业于日本大学艺术系，多次为村上春树作品画插图。
2 日本人对著名画家的尊称，这里指安西水丸。

看出此乃水丸的大作。

　　水丸的画自不必说，白滨一带海岸到处横躺竖卧着很多很多含义不清的雕刻和绘画什么的，视觉上有时很累。因为风景本身是质朴而美丽的，没有必要画蛇添足。我看了是觉得遗憾（例如有人画了五颜六色的鱼，把清爽干净的白色码头涂得满满的），但这终究是别人的地方，或许不该由外来人说三道四。把这种事写出来，必有当地人来信叱责，说那是无知的外乡人乱写乱画的。在此我事先道歉，这仅仅是我百无聊赖的自言自语。

　　落田夫妇搬来白滨之前在三浦半岛[1]住过，乘坐久里滨和滨金谷之间的渡轮来外房[2]找房子，结果在千叶安顿下来了。在地图上看，从三浦半岛来这里距离相当不近，可一旦上了渡轮，实在近在咫尺。不过，虽说瞬间可达，但横须贺[3]和馆山[4]的风物有很大差异。用我

1　位于神奈川县东南，与房总半岛隔东京湾相望。
2　房总半岛靠太平洋一侧的地区（靠东京湾一侧为内房）。千仓和白滨均在这一地区。
3　位于三浦半岛东部的港口城市。
4　位于房总半岛靠东京湾一侧的城市。

　　偶尔有狗倒也不坏。千仓港里的渔民老伯和他的狗。老伯的缠头巾蛮有房总（今千叶县和茨城县一带——译注）风味。拖鞋也够时髦的了。狗也一副同缠头巾、拖鞋相得益彰的样子。有生以来我只养过一次狗，没什么印象了，只记得是一条极普通的狗。猫倒是全部记得一清二楚。

家太太的话说，简直和同样乘轮渡在意大利的布林迪西和希腊的帕特雷之间往来差不多。那么说来，我也觉得怕是那样。至于这样的比较能有多少人感同身受，我却是不得而知。

但渡轮这东西确是给人以不可思议之感的交通工具。从飞机上下来，马上会产生"噢，这已是别的地方"那种毅然决然的感觉，而乘上渡轮这东西，从抵达目的地到实际适应过来格外地花时间，还好像带有类似内疚的伤感（连车一起乘渡轮时尤其如此），虽然我个人倒是非常喜欢这样的心情。

　　这也是千仓海岸。不过，日本海水浴场放的音乐真够吵的了。我家附近的大矶海岸也从早到晚吵个不停，什么"山茶"啦"Tube"啦"沙滩男孩"啦等等。对方想必以为是免费服务，实际上完全是制造麻烦。作为背景音乐，波涛声足矣，其他动静纯属多余。务请手下留情——这么说肯定无人理睬。

减肥，避暑地的猫

现在才说三道四也不顶什么用了，不过今年日本的夏天实在是热，热得要命。就算再有事要办，这个时候特意返回日本也太傻了。没有干任何事的心情，只好天天喝啤酒。

一个炎热的午后，我去新宿一座百货大楼的展厅参观永泽诚[1]的托斯卡纳[2]绘画个人展，在那里读了宫本《绝世之美减肥法》美智子的说明，她这样写道——当然措词更委婉些——"上了年纪喝酒

1　日本画家（1936—　）。东京人。从事动漫画创作和图书装帧设计。曾为女作家宫本美智子的畅销书《绝世之美减肥法》绘制插图（下文中的"宫本《绝世之美减肥法》美智子"是一种戏谑的说法）。

2　意大利的区名，佛罗伦萨为其区府。

不是好事"。看得我当时心想：言之有理啊，我也该少喝啤酒才是（此人的说法特有说服力）。然而跨出门口一步就热得不行，总之除了喝啤酒没别的念头。这么着，还是喝了起来。今年夏天我基本喝的是麒麟牌熟啤。倒不是说我对牌子的选择怎么保守，而是因为每次回日本都有搞不清底细的陌生啤酒接二连三摆上酒店的货架，再说又热得厉害，我也懒得一一动脑筋挑选。

啤酒且说到这里。提起减肥的书，容易被人理解成"美容指南"，但我觉得至少——之所以说至少，是因为此外我没看过这类书——宫本在把"实用"作为"实用"来把握的同时，又提示了一种生存方式。尽管现在我对系统性减肥没多大兴趣，但在看这本书的过程中，作为一个大体和作者同代的"自由职业者"，自己好像可以理解她想表达的东西。说到底，我们这些哪里也不属于的人，只能从一到十自己保护自己。为此，减肥也好身体锻炼也好，反正只能在某种程度上注意把握自己的身体，明确方向性，自己管理好自己。这样，势必需要一个自己特有的体系或者哲理。至于是否普遍适用于别人自然另当别论。自走出校门以来，我从不曾隶属于哪个组织，一直是独自孜孜矻矻谋生，二十一二年时间里切切实实看明白的事

实只有一个，即"个人同组织吵架，获胜的毫无疑问是组织"。这
虽然不能说是多么令人温暖的结论，但它是确凿无误的事实。人世
间尚未宽大到个人能战胜组织的地步。不错，看上去个人暂时战胜
组织的时候也是有的，但从长远看来，最后必然是组织获胜。我时
不时倏然这样想道：人生历程恐怕不外乎是走向失败的过程。尽管
如此，我们仍必须不顾劳顿，孤军奋战下去。为什么呢？因为在我
看来，个人作为个人生存下去，并将其存在底盘出示给世界，即是
写小说的意义，而为了将这一姿态坚持到底，人最好尽可能顽强地
保持身体健康（比不保持好得多）。当然，这终究是一个有局限性
的想法。

　　总之，在读宫本《绝世之美减肥法》的时间里，我得知大家都
在以各种方式努力着。不过回想起来，十多年前我曾和旅居纽约的
宫本一起去过纽约一家名叫"小意大利"的餐馆大吃通心粉大喝葡
萄酒。一家极开心的餐馆。Those were the days, my friend.[1]

1　意为"那才是过日子，我的朋友"。

　　剑桥的猫。隔着铁丝网往这边
定睛注视的神情真是可爱，赶紧按
下快门。

从三十六摄氏度的东京返回波士顿，虽是八月十日，但这里只有二十四度，实在舒服得很。不出汗，白天不戴帽子也能跑步，得以长长舒了口气。问房东史蒂夫，他说七月间有七天相当热，但八月进入第二周后新英格兰地区就十全十美地一下子凉快起来。我租的房子没安空调，一开始多少有些不安，但去年在这里实际住过一夏，得知热得根本没法写作的时候顶多三四天。

由于车停在路上，我的"大众·科拉多"已经积了一个多月的灰。普林斯顿时代[1]因为有气派的带屋顶车库（租金每月十五美元），车总是闪闪发光，所到之处人们无不夸奖说"噢——好漂亮的车啊"。可现在看上去相当无精打采，到处是伤，再也没有人夸奖（怕是比不上别人了）。不过在性能方面，这三年半时间里虽然几乎没有维修，但什么麻烦也没出，始终风驰电掣，着实令人赞叹。有一段时间挂第二挡有些费劲，但无大碍，开去附近修理站，马上就变好了。只是——倒是不太敢声张——引擎不大够档次（※ 我的引擎不是V6，而是那种被强制性输送混合气和加压气的老式引擎）。

---

1 指作者 1991 年至 1993 年在普林斯顿大学讲学的时期。

　　这是"佛蒙特州的桥"。够荒凉的，程度决不亚于衣阿华州。我从板墙空隙探出脑袋，苦苦等待弗朗西斯卡（《廊桥遗梦》中的女主角——译注）的到来。然而怎么等也没出现。来的是一只野兔，突然从树林中跑出，一头撞在水泥墩上一命呜呼……写这样的东西肯定卖不出去的，那还用说。

一次开车去费城郊外兜风，在不很热闹的十字路等信号的时候，四五个黑人青少年一下子围了上来，其中一人"通通"地敲击窗玻璃。我一惊，心想事情不妙，问道："什么呀？"对方只是嘻嘻一笑："嗬，老伯，车型蛮新的嘛！够潇洒的哟！"当时"科拉多"上市不久，不过是出于好奇仔细瞧瞧罢了，不该怀疑人家。不过不管怎么说也别忽地一下围上来才好，毕竟叫人紧张。

八月十七日，为了表示久久置之不理的歉意，我把车领去洗车场洗得干干净净，油和气压也检查了。然后为了试车，去佛蒙特州做了次短期旅行。从波士顿沿 93 号公路径直北上，绕佛蒙特北部转一圈，约略进入加拿大，只住了三个晚上（不算周末）就回来了。佛蒙特北部是美丽平和的农村地带，当地人称之为"North East Kingdom"（东北王国），名称多少带有非 democratic（民主主义）的意味。何以这么称呼我不清楚，但实际旅行途中，未尝不可以感受到某种有底蕴的雍容大度。美国这个国家开车转起来往往觉得过于散漫过于广阔，视觉上单调无聊，而这一带的景致相对说来颇有欧洲的韵味，行车本身相当惬意。在时起时伏的舒缓的丘陵地带，

　　请仔细看天，有 UFO 飞行的哟……纯属扯
谎，有的仅仅是牧场的围栏，此外没什么可写的。
我本想用一张在这附近拍摄的老牛大白天交配的
照片，却未被负责单行本设计的藤本采纳，以致
选了这张——普普通通的牧场。

森林、河流、牧场、湖泊接连出现，百看不厌。地方正适于驱车旅行，不塞车，几乎没有信号，拐弯角度俨然在托斯卡纳，令人心旷神怡。我的"科拉多"算是欧洲出生的，身体似乎同这样的风土地形一拍即合，一路兴冲冲向前奔去。四天里跑了七百八十英里（约一千二百五十公里），而汽油费才花了四十来美元（当然是高辛烷值汽油），绝对便宜，以日本来说每公里不到三日元。至于高速公路费，加起来一共才七十五美分。如此看来，我深感在日本开车旅行是何等荒唐的行为，首都高速简直像往昔恶狠狠的催租官。你不这样认为？

佛蒙特有许多漂亮的乡间旅馆，一家家地入住那样的旅馆也是一大乐趣。当然啦，毕竟是美国，很难说饭菜像托斯卡纳那样足可香掉下巴，但材料新鲜、空气纯净，肚子不知不觉之间就瘪了下来，饭菜吃起来自然可口。只是，虽说佛蒙特的乳制品和枫树糖浆是名产，人人都说好吃，但吃起来"简直再没有比这更难吃的"。实际上在佛蒙特见到的女人百分之八十五都是不折不扣的"DODO[1] 体

1　加重保龄球，非标准重量保龄球。

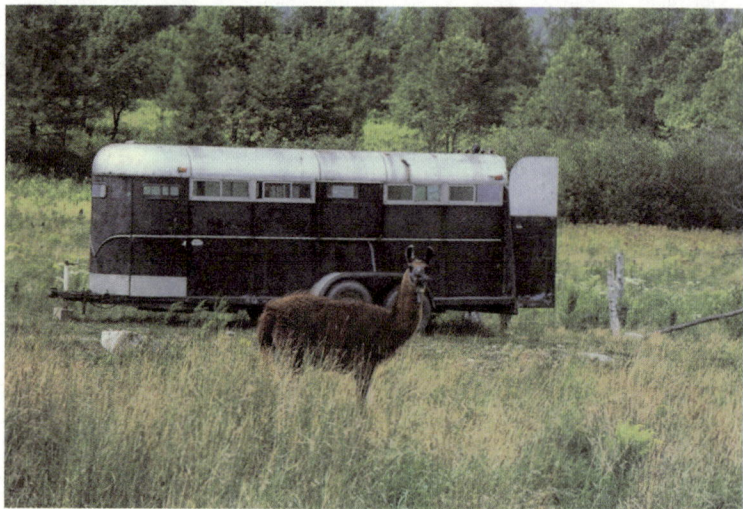

　　佛蒙特的驼羊。佛蒙特有不少
人家养驼羊。驼羊每天到底思考什
么呢？驼羊果真以驼羊方式生儿育
女不成？反正驼羊的事请别问我。
关于驼羊我几乎一无所知。

型"，我不由感叹——居然胖得这般整齐。浑身鼓鼓囊囊，就好像腰间裹着棉被走路。在美国也转了不少地方，胖人这么多的地方还是头一次见到，真想让她们看一看宫本写的书。但或许是人家喜欢胖才胖的也未可知。我们倒是尽可能吃清淡些的蔬菜，且每天省掉午饭，但还是吃得够多的。旅行固然快活，但年龄大了以后，天天在外面吃饭还是渐渐成了负担。

旅行途中我一直在看刚看了个头的蒂姆·奥布莱恩的长篇新作《林中湖》(*In the Lake on the Wood*)。小说的部分章节以前在奥布莱恩朗诵会上听过，情节大体知道：一个被大家称为魔术师的越南战场复员兵出马竞选参议员，不料他在战场上的残忍行径被揭露出来，断送了政治生命。后来，他为了使自己重新振作起来而躲进森林，但在那里也意外地……小说情节富有侦探色彩，引人入胜，文笔也很好，只是因为过于"躲藏"了，一般读者似乎不太欢迎。此人受欢迎的小说和不受欢迎的小说交替出现，虽然不为一般人欢迎倒也未尝不可……

奥布莱恩看完后再没东西看，于是去了附近的旧书店，挑来挑去苦恼了良久（旅行中所带的书看完时，那苦恼可非同一般），最

后花一美元买了托马斯·曼[1]的短篇集，决定看其中的《托尼奥·克律格》。《托尼奥·克律格》记得只在上初中时看过，梗概都记不得了。为什么想起看这么陈旧的东西呢？因为我想若非时下这种特别机会，以后一般不会再回过头看了。不过坐在旅馆沙发上一个人静静地看托马斯·曼，觉得其中有一种十分沁人心脾之处。从现代这一地点往后看去虽然不算什么了不起的小说，但还是有其独有的东西。

佛蒙特是适合悠然度夏的地方，主要住在波士顿或纽约的富人多在此拥有别墅，因此有很多以这些人为对象的旧书店。即使在很不起眼的地方，有时也会发现书目齐全得惊人的书店。对美国人来说，一年之中惟有夏天是最好的读书季节。海岸也好游泳池边也好山中避暑地也好，到处有人打开一本厚书看得如醉如痴。就连《时尚先生》(*Esquire*) 杂志到了夏天都照例出 "Summer Reading" （夏日读书）特集。若问美国人："这么热的夏天何苦看书看得那么入迷？"他们肯定现出惊讶的神情，回答："夏天有长假，岂不正好

1　德国小说家（1875—1955）。著有《魔山》等。

　　又是狗。这是我在租借的住处养的狗。我和这条狗相当要好，一起去附近山野散步。但无论怎么要好，我也搞不大清楚狗在想什么。房子是由农场用房改建的，后山有越野滑雪场宽阔的跑道。本想冬季来滑一次，却因为忙，未能成行。

这是佛蒙特州的鸭。住处后山
有个池塘，在岸边碰见了这只鸭。
某日的"ahiru（日语"鸭"的罗马
字——译注）on a hill"——日语
夹杂英语，够无聊的了。有什么办
法呢！

用来看平时想看而没时间看的书？"

日本则秋天是读书季节，夏天书一般卖不动。这恐怕是因为日本的夏天实在太热了，不适合——哪怕再有时间——集中精力读书。如此这般，文化这东西在种种细微地方也有小小的差异。因此，美国夏天书好卖，旅游胜地的书店理所当然一片兴旺。其中大半是旧书店，不卖新书。人们把看过的书在那里卖了，换成新书。被称为 exchange[1] 的书店于是应运而生，发展壮大。

一晃走进这种避暑地书店，花上好几个小时慢慢选书，也是一件乐事。书店里一般都小声播放调频广播电台的古典音乐，角落里的椅子上有一只大猫正在午睡，戴眼镜的女子在那里值班，每有顾客进来她便微微一笑，用稍微拖长的声音招呼道"Hello, How are you"。我摸一下猫的脑袋，她告诉我猫的名字叫 ×××。一切恍若去年夏天持续至今的幻影，的确美妙得很。

---

1 意为"更换，调换"。

Scumbag，风琴爵士乐的妙趣

日前在一个购物中心的停车场不小心把车抢先开到非优先车道那里，已经在优先车道上的三十岁上下的黑人司机打开车窗朝我骂道："You scumbag！"的确是我不对。可是非我狡辩——地面白线已然消失，看不清哪边优先，何必那么大动肝火呢？

在美国住久了，早已习惯了各处的大众性骂法——例如什么fuck you（畜生）、什么bastard（私生子）、什么son-of-a-bitch（混账）、什么asshole（傻瓜蛋）、什么motherfucker（讨厌鬼）——挨骂也不觉有异。不过这scumbag作为话语当然晓得，但当面听到则是第一次，难免一怔："哦，scumbag？"

scum是垃圾，scumbag字面意思是"垃圾袋"。而一查辞典，上面还这样解释道："用来侮辱无价值、无道德之人的词语，也指避孕套。"原来如此！以前我就怀疑自己说不定是个无价值无道德之辈……现在被人用这等新奇的字眼（当然是对我而言）骂出口来，倒也没什么不快。感觉上有点像发现稀罕的昆虫或终于搞到一张过去没搞到手的棒球卡似的。无论美国还是日本，若想收集世间的污言秽语和放肆的灵魂，只有在城市里放下车窗开车才能做到。

用力拿起家里最宝贵的书《兰登书屋英语辞典》（英文版，重得出奇）翻开一查，得知"scumbag"这个词大约是一九六五年至七十年代产生的。但并不含有丰富的旧词韵味，注意观察四周，原来这"scumbag"乃是响当当的当下骂人用语，在日常生活中经常上阵。例如在最近我用录像带看的影片《夜惊魂》(*Judgement Night*)中出现了两次，在布莱特·伊斯顿·埃利斯新出版的小说《线人》(*The Informer*)中出现了一次。

翻译美国小说时我常想（现实当中也颇伤脑筋），将这种骂人话直接译成日语不是件容易事。譬如这"scumbag"，我最喜欢用的研究社版《读者英日辞典》解释为"讨人嫌的家伙"，意思上固然不错，但在翻译中很难直接使用。这种情况下，日本能想到的只有"混账东西"，关西则为"蠢猪"、"傻货"等类似感叹词的侮蔑性字眼。日语里没有那么多足以同变化多端的美国骂人话相对应的词语。至于什么缘故，问我也问不出究竟……反正就是没有。听古典落语[1]或看夏目漱石[2]的《我是猫》，在骂人词语方面往日的日语中似乎相当丰富，遗憾的是（不知何故）今非昔比了。

　　关于此类骂人话，根据我贫乏的经验——当然要看场合——恐怕还是不要一一照译为好。很多时候只能适当分散在文脉之中，或用细腻的措词加以暗示。看翻译小说尤其是翻译过来的侦探小说，时不时见到诸如"你这个不开窍的铁榔头脑袋"、"不知自己半斤八两的轻佻小子"、"蠢家伙"等勉勉强强译成日文的词语，每次我都心里一惊。这种话谁都不说的，是吧？假如我在外苑西街被对

1　一种日本的大众曲艺，类似中国的单口相声。
2　日本近代小说家（1867—1916）。《我是猫》为其代表作。

面开来的汽车司机大吼一句"你这个不开窍的铁榔头脑袋"，我真有可能"哇"地惊叫一声把车撞在电线杆上。危险得很。对于"bitch！"也最好别译成"这个婊子"、"娼妇"、"女流氓"之类。又不是过去的日活[1]影片，如今真这么说出口来要沦为笑柄的。

因此，我打算以一己之力开展一项运动，把"son-of-a-bitch"和"motherfucker"作为翻译用语固定下来（就像"counterculture"和"virtual reality"）[2]，这样就不必一一硬译成日语了。简称"Sonmother 普及运动"，如蒙协助，不胜感激。有点头痛的是，"son-of-a-bitch"的复数形式是"son-of-a-bitches"，而这样子怕是很难顺利推广的。头痛啊——倒也不至于特别头痛……

除了骂人话，打招呼的"honey[3]"也是想直接作为日语引进的美式英语之一。另外"make love"最好也让它潜伏下来。译为"做爱"从语感上说总好像不够到位，容易产生误解。不过，这终究是仅就

1　日本的电影制片厂。

2　原文中，以上四个英语单词是以日文字母（片假名）音译的，即以"外来语"形式出现。后两个意为"反主流文化"和"假想现实"，已在日本成为通行语。

3　意为"亲爱的"。

译文而提的议案。至于在涩谷一带真有小伙子"不开窍的铁榔头"地、大声地向女孩招呼一句"哎，honey，不 make love 吗？"那样的光景，坦率地说我是不大乐意想象的。而如果被招呼的女孩心想"是嘛，make love 也未尝不可嘛"——实际上未必不可能——那就更可怕了。

　　这个就说到这里。不过布莱特·伊斯顿·埃利斯新出版的小说确乎有趣。读之，"什么呀，连篇累牍岂不全是车轱辘话，"这么嘟嘟囔囔发牢骚的时候并非没有（看《美国精神病人》时也是如此），可看完了，还是有某种缥缈的虚无感和毫无潮气的切切实实的哀伤残留下来，而这无疑是只有这位作家才能酿造的。不愧是有才华的作家，尤其是这方面的技巧不知是自觉所致还是非自觉所使然——读者也看不出二者界线——这点给人一种无可言喻的敬畏感。如此倾向与二十年代的司各特·菲茨杰拉德多少有点相似。"不惜以粉身碎骨来刻画时代的作家"——我送给埃利斯的这句广告词如何？所用英文绝对不难，有兴趣的人不妨看一下原文，那样更能理解作者要表达的东西。因为每一章的叙述者都不一样，所以要习惯语态的变化得花些时间，但熟悉结构后就能比较顺畅地读下去了。

　　一次在纽约某处开的宴会上，我偶然同埃利斯坐在一起，当时两人单独谈了很久。穿着打扮同小说里一模一样，完全是一丝不苟的"雅皮"派头，但并非滔滔不绝眉飞色舞那一类型。他究竟在想什么或感觉什么，我真有点捉摸不透，一如看他的小说。人们很多时候把他和杰伊·麦金纳尼[1]相提并论，但麦金纳尼同此人在很多地方似乎截然相反。麦金纳尼基本上坦率而健康，埃利斯则不同。当然这终究不过是我的个人印象。

我居住的马萨诸塞州剑桥有个非常可观的爵士乐俱乐部，对于我这个爵士乐迷来说实在喜出望外。毕竟在新泽西州普林斯顿住的时候，去听爵士乐现场演奏要下相当大的决心。在美国住大城市里有很多操心事，但这种时候着实方便。

一个位于佛蒙特广场，名叫"Reggatta Bar"；一个在查尔斯河波士顿这一边，名叫"Scholars"。两个都在一座很大的宾馆里面，都以合理的票价每晚由一流音乐家演奏。里面的气氛也够融洽，还

1　美国当代作家。所作反映 20 世纪 80 年代美国社会的多部小说被拍摄成电影，在日本也很有影响。

可以吃点东西。完全没有在东京青山那家××××爵士乐俱乐部听爵士乐那样的逼仄和局促，像乘坐运送家畜的货车一样，服务也不差。可以打电话订座，连停车场都有，甚是便利。只是，客人几乎清一色是三十岁以上的白人情侣，很少看见黑人。所以——或许可以这样说吧——座位间的气氛比纽约的爵士乐俱乐部温文尔雅一些。

八月二十九日，去"Scholars"听风琴手吉米·麦格里夫和中音提琴手汉克·克劳福特的双重奏（顺便说一句，这天晚间的费用是每人十九美元，包括饮料）。演奏十分和谐，令人深感愉悦。我一向认为如今在美国听现场演奏，这类训练有素的"非纯文学系统"黑人爵士乐（我个人擅自称其为"嘿嘿嘿路线"）是最不叫人失望的——这点在这里也得到证实。本来节拍和音乐概念就单纯明快，没有任何拐弯抹角之处，只管"嘿嘿嘿"即可，因而演奏者的技艺久经岁月也不轻易褪色。近年来蓝音唱片（Blue note）或威望唱片（Prestigs）这种六十年代"嘿嘿嘿路线"似乎得到了一部分年轻人青睐，其心情我也能够理解。不过，较之最近路·唐纳森和雪莉·斯科特的唱片在旧唱片店贵得离谱，对于汉克·克劳福特等大西洋系统音乐家的重新评价却低得出乎意料，不知为什么。为什么呢？

竞卖会场的"老爷车"。好看固然好看得很，但若拥有这东西，人世可就活活成了地狱。故障多，无零配件，没地方放，耗油，维护费用高，速度出不来……尽管如此，遥远往昔的 CORVETTE 和 FERRARI 在竞卖会场亮相的时候，我还是为之心旌摇颤。竞卖会在大型仓库进行，"老爷车"简直就像家畜似的被一辆接一辆买走。看样子，真想得到的人在车进仓库前就已打探清楚，同车主也好像通过气了。

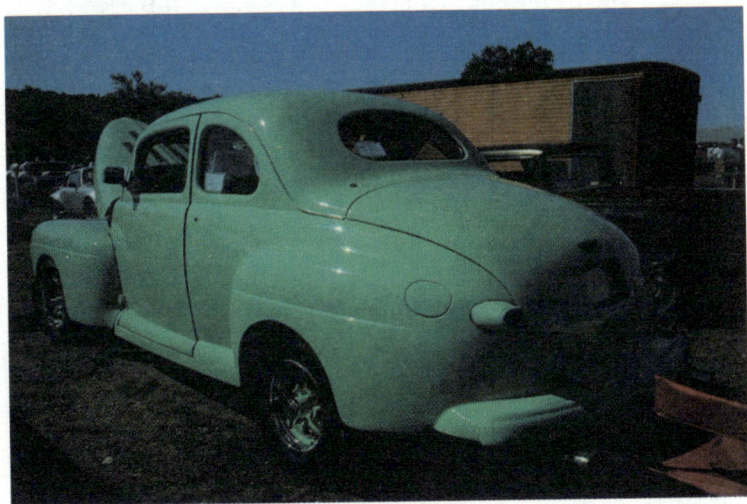

这支麦格里夫 / 克劳福特乐队演奏曲目的范围很广，所谓六十年代大西洋风格的放克（funk）和五十年代的贝西伯爵[1]的曲子浑融无间地掺和在一起。总的说来，克劳福特倾向于前者，麦格里夫则似乎更看重后者。但毕竟二者交往已久，配合默契，在选曲方面全无生涩之感。克劳福特那绵延不断而不无矫揉造作的横切面可圈可点，麦格里夫轻歌曼舞从容不迫的独特的纵深感也悦耳动听。双方的人格直接流露在声音之中——我是这样认为的，而这点无论如何都非同一般。这天夜晚"Scholars"的客人中有好几对年纪大的黑人夫妇。《波士顿环球报》评论说："掌握乐队主导权的，不管怎么说都是麦格里夫的风琴。"其实不然（这个记者莫不是紧挨风琴坐着的？），克劳福特的中音提琴一如往昔精神抖擞地震颤着前台。特别是那支撩人情怀的《爸爸的家》（Daddy's Home）才吹出一声主旋律，便让全场感动落泪。妙，妙啊！不用说，压轴戏是那支名曲名奏《今宵告诉我》（Teach Me Tonight）——一片掌声。

趁着尚未"退烧"，第二天赶紧去哈佛广场的"Newberry

---

1 美国黑人爵士乐钢琴手（1904—1984）。原名威廉·贝西。

Comic"唱片店买了两张一套的汉克·克劳福特豪华版CD（二十四美元），此刻正一边兴冲冲听着一边伏案写这篇稿子。不过，听汉克·克劳福特连听三十一曲，到底有点累了，毕竟是三十一曲。

写小说，开始打壁球，再去佛蒙特

最近因为专心写小说，所以每天早上五点准时起床，晚上九点一过就上床"呼呼"睡去，这已成了一种模式。看来我写小说时这样的生活形态乃是理想模式，不知不觉就成了这个样子。就是说自然上来困意，自然睁眼醒来。当然每个作家都有自己独特的工作时间安排。一次在某出版社的写作山庄同桥本治[1]一起住过一个星期，但一天仅在晚餐席间见一次面。桥本晚间九点左右慢悠悠地开始执笔写作，而我那个时候已经慢悠悠地进入梦乡，除了吃晚饭赶在一块，其他时间完全各奔东西。若两人合作以换班制经营小超市什么

1　日本作家（1948—　）。

的或许正合适。

我大体工作到上午十点半（中间插入早餐时间），然后在大学游泳池游泳，或在那一带跑一小时，完了吃午饭。下午基本上是放松心情，有时做写小说以外的事情（翻译或写此类随笔），有时上街散散步、买东西或处理日常性事务。晚饭后偶尔用录像带看一部影片，但基本上悠然听着音乐看书。若非有相当特殊的情由，日落后概不工作。近来太阳一落就歪在躺椅上看约翰·欧文的热门新作《马戏团之子》，但由于小说照例写得特长（虽然不大好说别人），什么时候能看完也定不下来。等看完了再报告吧，毕竟很长的呀。

早上边写作边半听不听地听两张古典音乐 CD。清晨用较小音量听巴洛克音乐，快到中午时大多听时代比巴洛克稍晚些的音乐，下午兴之所至地听爵士乐或摇滚——最近常听的是雪儿·克罗（Sheryl Crow）和揠苗助长合唱团的新东西。晚饭前喝一小瓶啤酒（近来大多喝塞缪尔·亚当斯黑啤或喜力）。然后在沙发上喝一杯加冰加柠檬汁（一个柠檬分量）的斯米诺·柑橘味伏特加，差不多就这样睡去了。睡前喝过量吃过量，早上起来时脑袋很难运转，因此有意识地加以控制。毕竟早上的时间对我来说非常宝贵。另外基

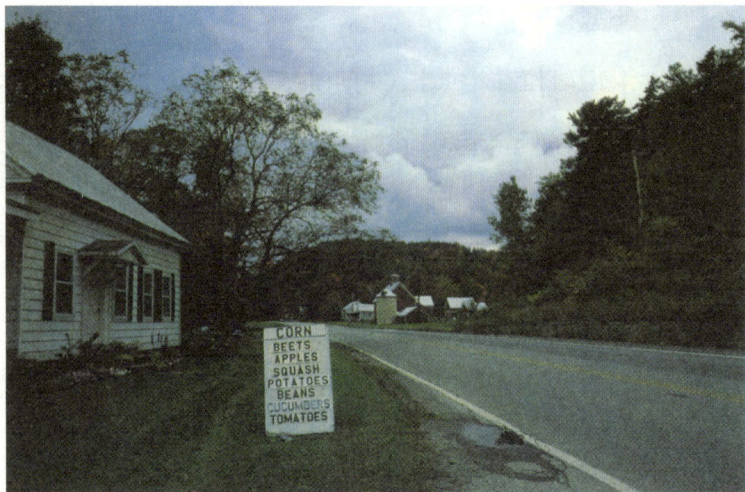

　　佛蒙特的农户院前直销蔬菜。毕竟便宜，各种各样一起买好多回去。鸡蛋便宜得难以置信，又新鲜。这一带农户的主妇体型全都敦敦实实。听说佛蒙特冬季自杀和杀人的事件陡然增多——由于下雪，整天闭门不出，于是变得郁郁寡欢，一般称之为"Cabin Fever"。地方诚然美丽，却也并非全是美事。

本不在外面吃饭。当然，同朋友的交往也就等同于无。

如此这般，一旦集中精力写小说，生活就一如往常变得单纯而有规律起来。若在日本，到底有各种杂事和交际活动，很难做得这么中规中矩有条不紊（坚持做势必惹麻烦，而一惹麻烦写作就好像顺利不了），而在外国就能做到，作为我相当庆幸。正因为这样，每次想写长篇我就不知何故要跑到国外来。如果问我："活得那么内向那么古板那么孤独，有何乐趣可言？"我也回答不上来。唔——，这是奈何不得的事，因为人的活法千差万别……

不过天天过这种内向生活，老实说，就很难上得来自己身在外国的实感。不用说，在家里总和老婆用日语交谈（别人时常好意地劝我：为了提高英语水平，夫妻间也要用英语交谈。问题是做不来），出门听得英语才实际感到"噢，对了对了，这里是美国"。我觉得，若是每天对着桌子一个劲儿写小说，那么在世界任何地方都是一回事。

常有人问："在美国写和在日本写，写出来的小说很不一样吧？"不一样吗？没有什么不一样吧。人这东西，尤其到了我这个年龄，无论生活方式还是小说写法，都不可能因改变场所而一下子变成另

一个样子，不管是变好还是变坏。尤其是我，不至于"因为住在外国就以外国为舞台写小说"。

况且，过去很长时间里我一直像搬家迷一样居无定所，浪迹萍踪（倒不是很希望那样），因而对场所的变更不像别人那样介意。回想起来，迄今为止我写的长篇小说全部是在不同地方写的。《舞！舞！舞！》那本小说在意大利写了一部分，在伦敦写了一部分。若问我哪里不同，我也全然说不出来。《挪威的森林》是在往返于希腊和意大利之间时写的，至于哪部分是在哪里写的我几乎记不得了。司各特·菲茨杰拉德的《了不起的盖茨比》大部分写于法国南方，现在恐怕没人计较这部杰出的美国小说的执笔场所。所谓小说不就是这样的东西吗？

更严重的是，甚至有人断言长期住在美国会使日语变得不地道。不错，对于新的流行语之类是难免会疏远，但那东西不知道也几乎无关痛痒。就算住在日本，我也差不多不知道流行语。再说假如出国四五年母语就乱套了，那么恐怕一开始我就当不了作家。我个人倒有时候认为：日语即使乱一点套也没什么要紧，乱就乱一点好了！

　　除了跑步游泳，近来开始和大学同事查尔斯一起每星期打一次壁球。长期以来我一直默默地做着跑步、游泳等一个人做的运动。因此，查尔斯说他可以教我打壁球时，我认为机会不错，就答应下来，随即去体育用品店买了球拍和专用运动鞋。我所属的塔夫茨大学有七块壁球场，若无特殊情况，每天都空空荡荡的，用不着预约，任何人都可以自由使用。这点十分难得，当然免费。壁球基本是从击壁网球发展来的，一个人可以时不时兴之所至练上一场，甚是方便。

　　隶属于美国一所大学的高兴事之一，就是大学里体育馆等体育设施一应俱全，而且人不很多。想到东京近郊民营体育俱乐部的拥挤和会费之高，可以说这里简直是天堂。只要选好时间，就连游泳池都几乎能随便独用二十五米泳道。以前的人生中我从不曾隶属于哪个组织，因而现在想尽情享受"隶属的乐趣"。有统计表明，旅居美国的日本人大部分去学校专心致志学英语，再三再四去美术馆和博物馆，相比之下积极利用体育设施的人为数不多。如果真是这样，岂不有点可惜！不过这么说来，自从旅居剑桥以来，美术馆我仅仅去过一次（有名的波士顿美术馆。倒是不敢大声说——没多大意思的）。

壁球毕竟是速度性运动，没打几下就大汗淋漓。因为动用了平时不用的肌肉，起初几个星期腰酸腿疼得不行。但一旦习惯了球的弹跳，身体动作的要领就渐渐明白过来了。打一个小时，出足了汗，冲罢淋浴回家，塞缪尔·亚当斯生啤真个沁人心脾。

九月二十四日。佛蒙特出生的塔拉领孩子回娘家前曾叫我随便去玩，于是我决定继夏天之后再去佛蒙特小住几日。虽说是随便去，但单程距离离我家也有三百公里。好在正是美丽的红叶时节，何况已经闷在家里写了好长时间小说，也该换换心情了，于是开车出发。上次旅行回来，佛蒙特就让我相当中意。

清晨离开波士顿进入高速公路，一路北上。在美国，各州有各州的交通法规。离开马萨诸塞州之后，最高时速由五十五英里提高到六十五英里——就是说实际开到八十英里都 OK。换算成公里，时速约一百二十八公里。若路面车少（一般都车少），心情实在畅快。美国的高速公路最让人欢喜的是压根儿没有那种丑陋愚顽的交通标语，清清爽爽，痛痛快快。很早以前我就一再强调，把一条写有"目标：交通事故零！"的横幅挂在人行天桥上，莫非交通死亡事故就能减少一次不成？费时费力大张旗鼓地把那种毫无意义百无一用的东西挂在路上——对这样的神经我可是无法理解。所写的词句大多粗制滥造，看了让人不快。我决不是说美国比日本伟大，但至少美国人不挂交通标语这点强于日本人。

塔拉家的院子里淌着一条清亮亮的小河，上面架着自家用的吊桥，河里可以钓到鳟鱼，山上不时有驼鹿下来，可谓野趣盎然。她还告诉我，每到夏天一家人就去山上无人知晓的湖里脱得光光地游泳。十分健康而有活力的一家。父母两人单独生活。正好她姐姐也来了，晚饭吃的是她母亲做的可口的蔬菜。

高中时代塔拉曾作为互换留学生来日本一年。她说在日本每次自我介绍"我是从佛蒙特来的"，大家都说"啊，那个盛产咖喱的佛蒙特"，起初听得她十分吃惊。那恐怕是要吃惊的。因为对美国人来说，佛蒙特州和咖喱再牵强附会也联系不到一起（一如没办法把滋贺县同咸马哈鱼子浇汁饭扯在一起）。苹果和蜂蜜确是这里的名产，但在佛蒙特一般见不到有人吃"加入苹果和蜂蜜"的咖喱。

顺便说一句，安西水丸画伯最喜欢吃咖喱，宣称"咖喱连吃一

　　佛蒙特州北部塔拉父母的住处。往北不远就是加拿大国境。后面是自家用的吊桥。走起来摇摇晃晃，不习惯还真有些胆战心惊。不过后面流淌的小河真是美妙。据说冬天很冷，好在塔拉的母亲出生于挪威，对冷不太在意。在那里吃了一顿以蔬菜和奶酪为主的美餐。

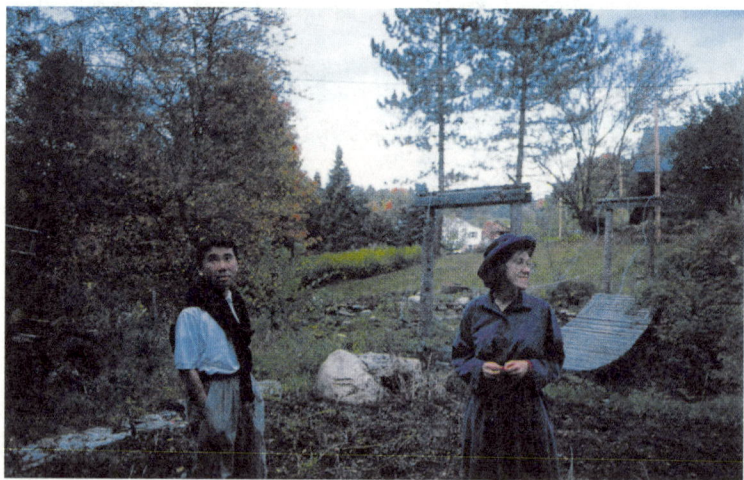

星期没问题"。我虽然没有水丸那么执著，但也相当中意咖喱。在
美国住久了，时不时想吃一次神宫前"水牛黄油"辣辣的咖喱饭。
波士顿有很多地地道道的印度餐馆，我也常去吃，却不知为什么，
偏偏只有日本咖喱餐馆里的咖喱饭令人怀念。

　　还有肉铺里卖的炸肉饼。买一个热热的刚炸好的肉饼，在相邻
的面包店买一个面包把肉饼夹进去，坐在公园长椅上"呼呼"吹气
吃着——那种喜悦只有日本才有。嗯，是叫人怀念、是想吃啊！

邮购种种，好玩的"吃睡玩"猫手表

　　也是由于国家大的关系，美国盛行邮购。习惯之后，这玩意儿十分方便和快意。看了样品目录打免费电话订购，一般三四天就通过 UPS[1] 把现货迅速送到，用信用卡支付，简单至极。送来的东西若不中意，叫来运输公司直接退回即可，麻烦事一概没有。我认识的一个美国妇女邮购了一件晚会用的裙子，穿着出席晚会，第二天说"不太顺心"，当即退了回去。依我看，这种做法终究不大合适。

　　一旦适应了这种邮购生活，特意去商业街这里那里转商店就渐渐觉得麻烦起来。美国不像日本，只要去了新宿或银座就应有尽有，

1　United Parcel Service 之略，（美国）联合包裹运送服务公司。

而需要这里那里转来转去，商店与商店之间距离远，找停车位都不容易，光买东西就可把人弄得筋疲力尽。而邮购登记一次之后，月月有各种公司接二连三寄来漂亮的样品目录，光看这个都够过瘾的。

这以前我通过邮购买的好东西有：

（1）首先是那个 L.L.Bean 的木制大型室内晾衣架。因为不能在外面晒东西，而我又不愿意用烘干机，所以室内晾衣架对于我就成了必需品。能晾很多很多衣物，实在难能可贵。而且，同塑料或金属制造的"功能本位"的即物式晾衣架相比，总好像有一种乡间暖烘烘的感觉，即使放在室内也不觉压抑。今天好天气，那么一边听着瑞·库德或尘土乐队一边晾东西好了——便是这么一种舒展的心情……这么说未免言过其实，不过的确不坏。价格三十八美元。比附近卖的普通晾衣架贵是贵了点，但毕竟是天天用的东西，奢侈一点也未尝不可。只是哪里也没有 L.L.Bean 标志，讲究牌子的人或许不够满足。作为 L.L.Bean 产品，此外我用的有便携式电脑的软皮箱，这个也绝对好用（这回好端端的有标志出现了）。

　　(2)看了《纽约客》杂志广告后邮购的猫手表[1]。表盘没有数字，代之以"吃"、"睡"、"玩"三个词，反复出现。回想起来，和井上阳水[2]过去那个广告一模一样。价格大概六十美元。用了两年多，走时极准。多余功能一律没有，非常好用。因为太合意了，买了两个，准备什么时候送人一个。戴这块表走在街上，必定有人见了打招呼（美国人打招呼着实勤快）："嗬，好玩的表！"于是，众人带着叹息说道："是啊，EAT、NAP、PLAY[3]，这才叫人生嘛……"看来，如此感慨世界上任何地方都差不多。那个广告没准在美国都能受到不小的欢迎。

　　见《纽约客》编辑时出示了这块手表："这是看了你的杂志广告后邮购的，的确是好东西啊！"对方问多少钱，我说六十美元。"六十？原价也就二十五美元吧！"对方笑道。喂喂，自己杂志登的广告怎么好这样讲话！不过细想之下，《纽约客》上也登过不少奇怪的广告。但至少这猫手表走得准，作为我还是要推荐。

1　表盘的中心有猫的图案的手表。

2　日本当代作词、作曲家。

3　意为"吃"、"睡"、"玩"。

　　我这人原则上（总之就是小气吧）不买价格在一万日元以上的手表，但便宜手表有一大堆。这样夏令时和冬令时更换的时候需要一一拨快或拨慢，做起来十分繁琐。而另一方面，每天兴之所至地从抽屉的一堆手表中取一块换上，却让人满心欢喜。手表这东西反正时间准就行了，为一块手表而出手二三十万日元的人的心情我可是理解不了。

　　一次花四千日元买的"菲利克斯猫"表让我爱不释手，可惜表带差劲，花五千日元换了条皮表带。如今想来，兴之所至在我过去的人生中是举足轻重的大开销项目。打个比方，感觉上就像用矿泉水刷牙。说不值一提也不值一提，不过还是需要下相应的决心的。

　　（3）这个倒不是邮购的，是路过新罕布什尔州一个镇时在廉价商店旁边的旧货店偶尔发现的形状别致的咖啡桌：杂志架和咖啡杯承座连为一体。三十年代的东西，材质不坏，制作相当结实。连同一九三六年发行的两册一套的百科全书在内售价一百二十五美元，我觉得相当划得来。至于带咖啡杯承座的杂志架在生活中是否真有用处，NO，NO，似乎用处不大。不过摆在房间里气氛潇洒，绝对不坏。在这家旧货店里还买了镜子等许多东西，都很便宜，

　　"吃、睡、玩"猫手表实物。看上一眼都让人心情放松。心想不就是人生吗，何必忙死忙活呢！若是水丸君，势必成为"画、喝、睡"手表。及至俄罗斯的叶利钦总统没准成了"骂、喝、摆挑子"手表（当然表盘上的漫画是个问题，估计卖不出去）。

但我还是试着问能否打个八折，老伯说"好的好的，喜欢什么拿什么"——语气似乎无可无不可——随口降下价来。因尝到甜头，两个月后又去了一次，不料店已经没了。当时再多买些就好了！

△　咖啡桌（左）

▽　L.L.Bean 大型室内晾衣架

顺便接着讲购物。

最近逛哈佛广场，鞋店里匡威开口笑系列帆布鞋正在减价，花不到二十美元买了一双深蓝色的。普普通通的老款式开口笑。谈不上有多少喜欢，只是因为便宜才随手买的。这类东西即使在日本买起来也应该比较容易，可第二天开始我就碰上了不无奇异的目光，很多人盯住我的鞋打招呼："噢——，这不是开口笑么？在哪里发现的？"让我吃惊不小。

先是来我家送货的"联邦快递"的年轻男子在门口看见了那双鞋，接着是美容院一个老兄问起，上街又给素不相识的人叫住（那些人打起招呼来真是痛快）："我过去也有一双同样的蓝色的，好亲切啊！告诉我哪里有卖的？"我当然都告诉了。不过在美国（至少在波士顿）为什么这么多人把深蓝色开口笑帆布鞋当宝贝呢？我全然闹不明白，感觉上就像被狐狸捏了一把鼻子。当然比莫名其妙挨个石子要好得多。

莫不是在我不知道的时间里开口笑已经停止生产了？哪位晓得

个中情由，务请指教。时至今日，缺点一是分量未免重了点，二是橡胶味太大（在鞋已获得戏剧性进化的现在恐怕已成了恐龙般的存在）。不过光从设计来看的确简洁，令人百看不厌——尽管若问是否我再买一双，我只有回答"不不，差不多可以了"。

再接着谈一下购物。

一九九一年刚来美国时，在住处附近一家旧唱片店发现马特·丹尼斯的《又弹又唱》(*Plays and Sings*) 的原版唱片以三十四美元出售。我过去就顶喜欢这张唱片，有 KAPP 版和日本发行的迪卡 MCA 版和 CD 三种（恋物癖相当严重），但 TREND 版是最原始的，作为东西难得一遇。问题是三十四美元未免贵了些，况且同样的东西我已经有三张了——如此差不多苦恼了三个月。当然并非出不起三十四美元，在日本买恐怕还不止此价，这点心里也清楚，只是从我的感觉——或从当地感觉——来说，三十四美元确实偏高了。说到底，收集旧唱片只是出于爱好，而爱好这个东西类似自己制定规则的游戏。倘若只要出钱就什么都手到擒来，那是毫无乐趣可言的。所以，纵使别人说比一般行情便宜，而只要自己觉得偏高，那么也

还是贵的。这么着，苦恼到最后仍然没买。

话虽这么说，一天发现那张唱片已经卖掉并从唱片架上彻底消失，这时候到底有些怅惘。感觉上就好像心仪已久的女性突然同哪里一个并不怎么样的男人结了婚。也有点后悔：当时买下多好！往后怕是再也见不到了。因此归根结底不是那点钱的问题，而单单是我个人基本方针的问题。

不过人生这玩意儿也并不都是那么糟。三年后，我在波士顿一家旧唱片店里居然以两美元九十九美分的标价发现了同一张唱片。质量虽说没有新到光闪闪"一如新品"的程度，但也不算差。把它拿到手的时候我真是高兴死了，虽不至于双手发抖，却也不由得咧开嘴角。终于没有白等！

也许会被人说说到底还不是因为小气，但决不是小气。生活中为了发现"小确幸"（小而确实的幸福），或多或少是需要有自我约束那类玩意儿的。好比是剧烈运动后喝的冰镇透了的啤酒——"唔——，是的，就是它！"如此让一个人闭起眼睛禁不住自言自语的激动，不管怎么说都如醍醐灌顶。没有这种"小确幸"的人生，不过是干巴巴的沙漠罢了，我以为。

年底这么忙，
何苦偷人家的车

上回写了邮购，继续写一点。

日前看《纽约客》上面的广告，发现有卖猫看的录像带："video catnip[1]"。广告词是"Give cat a laugh"，即"猫也喜欢的录像带"之意。并进一步介绍道："影片长二十分钟，府上的猫肯定看得入迷，乃是送给养猫之人的最佳礼品。"似乎有些意思，遂打电话要了一盘。什么货色全然揣摸不出，货到了再报告吧。

还有，邮购次数多了，会有一本不同于普通样品目录的"老客户特价样品目录"即减价通知按季寄来。这个便宜得惊人。我花

1　意为"电视樟脑草"。因樟脑草的气味能吸引猫，故名。

十五美元买了J.CREW游泳裤，实在划得来。牛仔裤也便宜得不得了，一起买了若干条。不过，这种购物方式很容易上瘾，差不多得小心了。

　　另外，我说读完约翰·欧文的超长篇小说《马戏团之子》后写读后感，却忘个精光，抱歉。简单写两句。总之我一点不剩地看到最后。那么长的书不厌不烦津津有味地看到最后，我觉得自己真够可以的。只是，这回的舞台从头到尾全在印度，主人公是印度人，出场人物也差不多全是印度人，颇有震撼力，加之冗长，读到中间说累也够累的。说有挑战性也确实有挑战性。

　　另外，欧文的书最后部分总有一种令人心里万籁俱寂的深沉而独特的悲伤（这已成为他长篇小说的定式），但这回好像并不那样。不过有一点可以断言：这样的书绝对只有欧文写得出。因为他对狄更斯佩服得五体投地，公然宣称："书反正越长越好，有什么意见不成？"——对此有毋庸置疑的自信。而心虚气馁的我无论如何也不敢出此狂言。问题是，翻译此书的人怕是够呛。如此说来，上一本《为欧文·米尼祈愿》（*A Prayer for Owen Meany*）还没有翻译出来……

最近看一篇访谈，得知欧文和一位加拿大女性结了婚（再婚），对方是文学经纪人，也负责这本书来着。太太是经纪人，联系起来倒方便。实际同欧文见面交谈，觉得他这人颇难接触，但不管怎样，其私生活近来好像越来越幸福美满了。

这段时间我看过的书中最有趣的是米卡尔·吉尔莫的《杀手悲歌》(*Shot in the Heart*)。米卡尔·吉尔莫是一九七六年在犹他州自愿接受枪毙（当时死刑在美国为违宪，时过不久实质上被废除）的有名的杀人犯加里·吉尔莫的胞弟。诺曼·梅勒[1]以此为题材写了《刽子手之歌》。大体是纪实文学，书中标榜"一个真实的人生故事 (a true life novel)"。什么原因我不清楚，总之此书反响很大，成了全美国一大畅销书，还得了普利策奖，又被搬上银幕，由年轻时的汤米·李·琼斯演加里，罗珊娜·阿奎特演加里的女友。不过相比之下，米卡尔的书要有趣得多。虽是一部真实、恐怖、血腥的美国悲剧，但情节波澜壮阔。我正在翻译，但请期待。固然没有欧文那么长，可翻译完仍要等一些时日。

---

1 美国作家（1923— ）。著有《裸者与死者》等。

十二月五日。说起来话长，总之我的车给偷了。早上起来一看，本应停在门前的我的"大众·科拉多"不见了，一辆白色"本田·雅阁"停在那里。无论怎么想都只能认为是被盗，总不至于我睡觉时间里汽车自行其是地跑去哪里了。

得得，这可糟了，我叹口气想。毕竟两个星期前我的宝贝自行车刚刚在哈佛广场给人偷走。用铁链绑在行道树的树干上来着，十五分钟后买完东西回来一看，自行车无影无踪，惟独铁链剩下。此前大学体育馆的贮物柜被人撬开，丢了打壁球用的运动鞋。而现在连汽车也给偷了，简直天昏地暗，一塌糊涂。

三十分钟后一位年轻的高个子女警察到我家来了。比我高出半个脑袋，一头金发，长得酷似劳拉·邓恩[1]。她的工作是写被盗报告书。把车号、年代型号、颜色等必要事项轻描淡写地记在专用纸上，递过一张复写件，道一声"再联系"就回去了。一看就知这工作没多大刺激性，她本人也没表现出多少乐此不疲的样子。若是警匪片，

1　美国女电影演员。主演有《一个完美的世界》等。

年轻美丽的女警官势必同克林特·伊斯特伍德或梅尔·吉布森[1]搭档度过波澜万丈的人生，而现实中不可能那样。现实是更为现实性的。我问她："这一带经常丢车？""哪里，没那回事，这附近很少听说丢车。说实话，我也有点吃惊。"她以一点也不吃惊的神情说，然后不冷不热道了声"再见"，乘上警车扬长而去。

"这附近很少听说丢车"倒是真的，我提起这事，房东史蒂夫也大为惊讶："怪事！这里不该发生那种事啊，奇怪！"往下就说不出话了。住在前面一条街的另一个史蒂夫（他是搞电影的）也吃惊不小："这种事简直无法置信。我在这里住了二十来年，从没听说谁家停的车给人偷走了。这实在是惊人的事情。"我住的地方虽说不是什么富人区，却也是那种与犯罪无缘的幽静平和的地方。正因为这样，我停车才只上门锁，不锁方向盘。

但是信也好不信也好，有先例也好没先例也好，吃惊也好同情也好，反正我丢车这一事实是无法消失的了。报警之后我必须做的下一件事是跟保险代理公司联系。不料这家代理公司说什么："哦？

1　美国电影演员、导演。1956年生于纽约，1968年移居澳大利亚，1995年获奥斯卡最佳导演奖。

车丢了（※ 真是麻烦！）？那么……？"至于友好表示和同情心那些玩意儿连松鼠爪尖那么小的一点都没有。对方接过警察报告书的复制本扫了一眼，说了声"那好，跟保险公司联系"就算完事了（从我几次个人经历来说，汽车保险代理公司乃是让美国最可供人度过不愉快时间的场所之一。所有的人都以一副不胜其烦的神情工作着，这同美国梦的破灭也许有某种关系）。但不管怎样，车找回之前每天最高十五美元的租车费是由保险公司支付的，这个我晓得。还算好。

我求熟人杰伊开车把我带到租车公司，租了一辆一天二十一美元的"福特·雅仕"（啧啧，有缓冲气囊，却没有副驾驶席的后视

杰伊·鲁宾先生

　　杰伊·鲁宾家举办的晚会上的特制蛋糕。1½是他家的地址。人世也真是奇怪，居然有这样号码的地址。不过米奇·洛克也好像有9½地址来着，不可掉以轻心。这是美国人常搞的"点心晚会"，客人各自吃完饭后在八点左右聚来，吃着奶酪，喝一点葡萄酒或啤酒，最后以点心和咖啡收尾。这样，来的人不必介意，主人也容易准备。对于正在减肥的人倒是不合适。

镜）。租车窗口的男子安慰说："被盗车有百分之九十可能在三四天内找到。都是那帮偷车兜风的小子干的，开着兜一阵子见汽油没了就扔掉。等一等肯定找到的。"

十二月八日。不出其所料，车四天后找到了：扔在波士顿郊外一个叫埃文的镇上。当地警察用电脑核对车号，确认车主是剑桥市费耶特街汽车被盗的村上氏。打电话通知我的是剑桥警察署的警官。"呃——车看上去没有……那个，受什么损害。"那个警官兴味索然地说。"那就好。"我说。还算好。

"那么，警察先生，我这就去那个埃文镇拿车，可以吗？"

"哦……没那么简单，村香先生。呃，对了，其实轮胎一个都没有了。"警官抠了抠鼻孔（大概），突然想起似的补充了一句。"还有，唔——，车轮也一个都没有了。引擎根本启动不了。所以，去也拿不回来的。"

那到底啥地方没受什么损害？而且我不是村香是村上，我在心里想道。不过说这个也无济于事，于是我乖乖道谢，有气无力地放

　　查尔斯河畔的海鸥。每年一到冬天，河畔便上演海鸥和加拿大鸭地盘争夺战。我在剑桥居住期间，几乎每天都沿河畔跑步。不过，雪积多了，河畔就不能跑了。春天来临，冰层裂开，冰凌从上游浮游而下，海鸥像是乘坐"免费电车"似的蹲在冰上，看上去甚是惬意。

下电话，然后跟常去修车的那家名叫"都市巧生活[1]"的汽车修理厂的鲍比（长相很像晚年——不，最近——的布赖恩·威尔逊[2]）联系，请他安排拖车把车从埃文运到他那里。

　　十二月九日。繁琐的手续没完没了（内容没多大意思，对美国汽车保险的内情没兴趣的人请跳过这段往下看）。先去警察署开具Recovery Report（发现证明书）。这个警察署是个相当卡夫卡式的忧郁场所，写起来没完，这里不细说了。接下去径直赶到代理公司，提交 Recovery Report。代理公司把 Recovery Report 用传真转给保险公司，保险公司派专业鉴定人员来"都市巧生活"汽车修理厂检查我的车况，开具保险金核定通知书，此后汽车才能开始修理。这还不算完。按规定保险公司的工作人员要对我进行三十分钟的电话问询。这是附带宣誓的录音问询，我的回答全部具有法律效力。负责问询的女性绝对算不上冷淡，但感冒极其严重，又是打喷嚏又是

1　原文为 streetwise，意为"具有在都市环境中巧妙生活能力的"。
2　美国通俗音乐歌手，1942 年出生于加利福尼亚。

咳嗽，外加鼻音，发声几乎不能听懂。这个又让我活活下了一次地狱。本来小说最后阶段已经忙得焦头烂额……

然而，到时间过去了两个星期的现在，事态还是毫无进展。我的可怜的"大众·科拉多"依然四肢残缺地趴在修理厂。代理公司用传真发给保险公司的 Recovery Report 忽然不翼而飞。而保险公司人员不来检查汽车进行估算，修理厂想修也不敢下手。更有甚者，那个眉头紧锁爱理不理的代理公司女士向我冷冷地宣布："寸上先生，以车找到之日为限，租车费不再支付，以后自己负责！"我抗议说："可一个车轮都没有的嘛！再说你又弄丢了 Recovery Report，修也修不了！"况且我不是寸上是村上。可是抗议没被理睬，所以我一直自付租车费。

但问题是我也不晓得丢一辆车会带来如此不胜其烦的结果。必须时不时给保险公司打电话，必须跑警察署和修理厂，必须找政府部门和学校总务科更换停车许可证，我被来回折腾，或吃闭门羹或遭人白眼，时间白白流失，神经越来越累。毕竟身在外国，要讲外国话，想发脾气也发不好，这点尤其难受。——我虽然想摆出一副"噢，原来人世间这么麻烦吗？吃一堑长一智啊"的处变不惊的架势来，但实际上怎么也做不到这样子。无谓的消耗！给一个朋友打电话问日本如何，朋友笑话我说"在日本不至于丢车的"。不过用钉子划车门、给车胎放炮那样的恶作剧可是不少。半斤八两，彼此小心为好。

从雪乡波士顿一路奔向牙买加

　　十二月二十五日。罗伯特·奥特曼的新片《Prêt-à-Porter》(意为"云裳风暴"。片名公映前突然改为"Ready to Wear"，大概考虑到一般美国人发不好"Prêt-à-Porter"这个音）在圣诞节这天公映。但媒体评价极差，几乎彻底封杀。《纽约客》影评写道："奥特曼想开玩笑，自个儿嗤嗤窃笑。结果差不多所有的机关都没算中，了无情趣。"不过依我看，电影并不那么糟，或者不如说颇值得一看。哈佛广场的电影院座无虚席，别人也差不多大笑特笑。我认为美国一流报纸一流杂志的评论有时候未免过于故作清高过于目中无人。杰伊·麦金纳尼曾反唇相讥说："你们这些家伙就知道口吐狂言，到底有什么了不起？到底想干什么？"——心情不是不可以理解。而且同日本的文艺批评、影评不同，美国的评论直接关系行情和销售额，事态相当严重。

　　大概奥特曼想拍摄一部喜剧片———一部根本不 chic（潇洒）的、乱七八糟的、基本无意义可言的、神经质的、吵吵嚷嚷的喜剧片。在这个意义上，可以说的确浅薄得恰到好处。和《幕后玩家》(The Player) 和《短片集》(Short Cuts) 等影片气势截然不同，其轻佻劲儿处理得全然不坏。特别是对启用马塞洛·马斯楚安尼[1]和索菲亚·罗兰[2]的《第二个月亮》的模仿部分简直滑稽透顶，恨不得说道："喂喂，那种东西即使电视搞笑节目如今也不搞的哟！"由于太滑稽了，终于放声笑了出来。一下子这么离经叛道，我倒是相当佩服。去掉偏爱因素，也还是可以把它放进去年看的最佳影片前三名的。当然，《低俗小说》(Pulp Fiction) 绝对第一，其次是台湾片《饮食男女——恋人们的餐桌》(Eat, Drink, Man, Woman)。

　　此外，用五年多时间爬行一般紧紧跟踪两个贫民窟出身的黑

1　意大利电影演员（1924—1996）。主演有《甜蜜的生活》、《第二个月亮》等。
2　意大利女电影演员（1934—　）。主演有《昨天、今天和明天》、《第二个月亮》等。

人少年作为篮球选手长大成人过程的另类纪实片《篮球梦》(*Hoop Dreams*) 也是一部生动感人经久难忘的影片。虽然冗长写实,但有闪光之处。有机会务请看一次。这回影评方面也赞不绝口(未免从政治角度赞赏过头了)。

在年关迫在眉睫的十二月三十日,终于完成了小说第一稿,写下"全书终"三个字。写罢有些心神不定,想马上到美国航空公司售票处买票去牙买加。几个月来我一边伏案写东西一边念佛似的嘀咕"等告一段落一定去加勒比海,要死要活地游个痛快"。一周时间里什么也不想,躺在海滩上彻底放松,回来后重整旗鼓从头改写。

不料我家太太突然提出不去牙买加而去阿姆斯特丹。这么突如其来,可是有点难办。直到昨天还准备去牙买加来着。我问"干嘛非去冷得要命的阿姆斯特丹啊",她说:"现在正看的安妮·赖斯[1]的《恶魔莱修》里面有阿姆斯特丹出现,完全给它拴住了。而且很难说牙买加多么适合看安妮·赖斯的小说。"开哪家子玩笑!从冬

---

1 美国女作家(1941—)。

天的新英格兰跑去面临北海的荷兰，怎么可能消除写作疲劳呢？

近来我家太太被安妮·赖斯迷得实在有些叫人看不下去。她这人本来就容易受所看之书的影响，或者不如说特别容易投入激情。看山岸凉子[1]的《日出处天子》时从早到晚一口一个圣德太子[2]，一口气看了一大堆史书，又特意去明日香[3]，在奈良旅行了一趟。可惜很快退烧，早已什么都不记得了。回回如此。我在美国航空公司的售票台前好说歹说，得以买了两张去牙买加的机票。明年刚来临的一月二日早上，把汤姆·克兰西[4]和诺曼·梅勒塞进旅行包（搭配不伦不类），从波士顿机场乘上飞往蒙特哥贝[5]的班机。

在牙买加，跑到海滨整整游了一天。水温暖清澈，感觉好极了。加勒比海有相当大的鳐鱼，和它一起游上好一阵子，它也一点都不害怕。在海滨看鹈鹕捕鱼一看就是一天。当然也有时歪在树阴下读

1　日本漫画家（1947—　）。

2　日本用明天皇的皇子（574—622）。在飞鸟时代担任推古天皇的摄政，奠定了日本封建集权国家的基础，并派遣遣隋使，致力于引进中国文化。

3　位于日本奈良县，飞鸟时代的古都。

4　美国当代作家。著有《暗杀教皇》、《国际恐怖》等多部以重大国际事件为背景的畅销小说。

5　牙买加的海港城市。

汤姆・克兰西或安妮・赖斯。地方好得不得了，尽管有卖大麻的围上来，而赶走他们再沉下心看书有时很不容易。

看来人们认定日本人全都有钱，无论去哪里都受到热情接待。这固然不坏，只是往往期待你多给小费，弄得人有些疲惫。一进餐馆，老板模样的人马上大踏步走近问："餐馆可中意？"我回答："嗯，中意。"对方马上接口道："你是日本人，有钱的吧？怎么样，不把这餐馆整个买下？"风风火火提起这个可不好办，我不过想吃顿午饭罢了。

据说，这岛上出产的最高级蓝山咖啡有百分之八十五都是向日本出口的，以为日本人全都有钱也是没有办法的事。金枪鱼的最佳部位也是同样。总之日本人在世界各地收购特殊物品的能力过于厉害，犹如压路机。或许由于这个缘故，至少在我品尝的范围内，在牙买加当地喝的牙买加咖啡老实说是不太好喝。味道有点疲软，像别人"喝剩下的"。在墨西哥旅行时也是如此——南美的咖啡生产国生产的高级咖啡豆几乎全部向外国出口，当地喝的大多是不怎么上档次的。本来指望去牙买加大喝特喝和美国不一样的味道醇厚的咖啡，结果未免令人遗憾。

不过，牙买加产的大麻同样有百分之八十五卖给（当然是走私）美利坚合众国。所以相比之下，蓝山咖啡或许还不算吃亏。

我问租车店的老兄生意如何，他说："现在正是一月旺季，到底够忙的，但往年更忙。不太好过啊！"问及旅游业发展放慢的原因，他简明扼要地分析道："世界性经济萧条，政府宣传不力，近来的犯罪报道。"牙买加近来杀人案件急剧增多，前不久还有一位从芝加哥来的剧作家在高级度假海滨被强盗杀害。

"不过同过去比，这还算好的了。"他说，"过去更粗俗，态度也恶劣，一段时间里旅游业一落千丈。这样下去当然不成，于是全岛一齐开展宣传活动，要求好好对待游客。现在好了许多。毕竟，没了游客，这里的经济就彻底关门大吉。没别的出路啊！"

这一时期牙买加物价非常高。一台没有动力转向系统的手动换挡的"丰田雄鹰"周末租金要五百六十美元。五百六十美元！在波士顿，同样的车如果找到便宜地方，一百四十美元就能租到。就算再热门的旅游胜地，也未免太贵了嘛！看报纸上的旅游广告，去佛罗里达旅行费用便宜得多。所以美国人最近好像不怎么来牙买加。实际上也看不见几个美国人。

牙买加路旁水果摊。到处都有，水果的排列似乎动了不少脑筋。这个水果摊，两头摆的菠萝很有味道。停车照相，马上有小孩子从哪里跑出："给照相钱！"倒是给了。

　　牙买加海边的秃鹰。就情景而言，秃鹰和海总好像不大协调，但毕竟秃鹰就在海边，奈何不得。这只秃鹰正在礁石上拼命啄食渔民扔的鱼内脏，并非目光游移地注视海面，怀念已逝的青春。我在离它很近的小餐馆喝了几瓶啤酒，一边眼望秃鹰一边同渔夫说话，如此打发了半日时光。

　　可是不知何故，来牙买加的意大利游客铺天盖地，去哪里耳边都是意大利语。简直像来到了意大利海岸。为什么意大利人这么多呢？打电话问米兰一个朋友，他说："这个么，不知什么原因，去牙买加旅行眼下在意大利是最新流行趋势。有钱人（怕是巧妙逃税之流吧）全都争先恐后跑去牙买加玩耍。全米兰城贴满了牙买加旅游广告。"原来是一种流行。不过意大利人无论在哪里都惊人地惹人瞩目：大嗓门、能吃能喝、迅速聚成一堆……看样子倒喜气洋洋。

　　牙买加风味菜总体上一般平常，没有印象很深的东西。但最后下榻的蒙特哥贝附近一家名叫"科博雅"的宾馆里的菜肴的确精工细做，十分够味儿。这家宾馆最近刚刚开张，漂亮别致，人们还不太知道。老板是一对一派雅皮士风度的年轻夫妇，丈夫以前在华尔街一家证券公司工作，夫人（此人是牙买加出生的华人）曾在同在纽约的麦迪逊广场一家广告代理公司工作。稍微交谈了几句，对方告诉我："我们最拿手的就是菜肴，找了特别的厨师，一丝不苟地做东西。"也难怪他们自吹，菜的味道相当洗练。若想在牙买加吃好东西，就来这里好了。专用海滩诚然漂亮，可惜我住的时候风特别厉害，很是无奈。也许是季节关系。

　　牙买加裸体潜水渔夫。这一带的海水非常
漂亮，一清见底。一次我在夏威夷潜水时，险
些给珊瑚礁吸进洞去,吓得不行。这位因是专职,
自是理所当然，不过的确灵巧，一副乐此不疲
的样子。从岸上细看，百看不厌。

除了我俩，这家宾馆还住了一个似乎来自以色列的犹太老人旅行团。这些人一齐进游泳池手拉手围成一圈，一支接一支美滋滋地唱《让我们欢乐》（Havah Nagilah）等以色列歌曲。整个下午他们一直在呼啸的风声中做这一件事。为什么这样我不清楚，大概是以色列的习俗吧。总之看上去都一副无比幸福的样子。

牙买加和旧宗主国英国一样（也就是说和日本一样）行车靠左，方向盘在右边，这对日本人非常方便。租车店的老兄也笑嘻嘻地拍我肩膀说："呃，你是日本人，不要紧的，开车左右不会弄错，美国人总是弄错。"但情况并非如他所言。因为我在美国住久了，已彻底习惯了左方向盘和行车靠右——遗憾——以致好几次弄错左右险些出事，吓得我晚上尽可能不开车。不过，总的说来每天都用车内音响听着"嗯锵嗯锵"的雷鬼（Reggae），驾驶着"丰田雄鹰"在岛上兜风，得以度过十分愉快的时光。

牙买加短波电台相当之多，但无论哪个台哪个节目，反正从右到左由上至下全是雷鬼。似乎除了雷鬼岛上再不存在任何音乐。实际来了你才会知道，的确十分了得。全岛弥天盈地全是"嗯锵嗯锵"

牙买加海岸被海水打上岸的刺鲀。我正在
海滩享受日光浴，一位牙买加老婆婆走来说："怎
么样，不把头发编成小辫？"付一点钱，当场
麻利地编了起来。当然也有很多兜售大麻的过
激分子围来。不过，大麻交易即使在牙买加也
基本是违法的，多少注意为好。一旦被发现且
运气不佳，就要给抓起来。

牙买加的牛

节拍和那种紫色雾霭。以致返回冰天雪地的清高的波士顿以后，"嗯锵嗯锵"声还在体内持续不止。不过，这东西相当上瘾，嗯锵嗯锵。过去在新宿听完鲍勃·马利的音乐会，走路也全成了"嗯锵嗯锵"走法。可是那场音乐会是够妙的啊，让人热血沸腾。我家太太至今仍嘀嘀咕咕地发牢骚说"在牙买加看安妮·赖斯，气氛上一点意思也没有"。那怕也是奈何不得的。我在那里看诺曼·梅勒也很难看得进去。嗯锵、嗯锵。

又要开始干活了。

杰克·莱恩的购物，莴苣的价格，猫喜欢的录像带

　　记得汤姆·克兰西的小说《猎杀"红十月"号》中有这样一个场面：主人公杰克·莱恩向即将流亡的苏联时期的俄国人介绍说："美国的超市冬天都能买到西红柿。当然贵是贵一点儿。"俄国人听了不大肯信："开玩笑！冬天怎么能买到西红柿！"但杰克当然没有说谎。大家知道，美国也好日本也好，冬天也完全能够买到温室里的西红柿。这且不说，我读到"贵是贵一点儿"这里时可是十分感动——说不定莱恩时常代替身为医生忙得不可开交的妻子去超市买食品，并且每次看到价格都不由深深叹息"嗬，西红柿好贵啊"。我觉得杰克·莱恩这种不矫揉造作的生活现实性同哈里森·福特这位演员所具有的本色风格是相通的。电影《猎杀"红十月"号》中，

年轻英俊的亚历克・鲍德温扮演莱恩。但同哈里森相比，形象无论如何都显得单薄，有些大材小用，这是不能否认的。凯文・科斯特纳[1]也不成。不管怎么说，杰克・莱恩还是非哈里森・福特莫属。

如莱恩所指出的，即使是波士顿，冬天里蔬菜也贵出一大截。我家的饮食生活大体以菜食为主，我中午和晚上吃满满一大碗（差不多有洗脸盆大小，诸位看了肯定吃惊）蔬菜，因此冬天伙食费无论如何都要增加。尤其今年冬天因加利福尼亚州遭遇涝灾，莴苣价格猛涨，尽管还不到青山的纪国屋莴苣价格的一半，可是同身边别的东西相比到底高了不少。在超市收款台问合计多少钱，虽然我不是杰克・莱恩，可心里还是"咯噔"一下，虽然倒还不至于出汗。

当然也有冬天才上市的蔬菜和冬天也不很贵的蔬菜。一般说来，餐桌上主要是这类东西。其中我特别中意的是"水菜"[2]。水菜基本是关西菜，同油炸的东西一起"咕嘟咕嘟"煮很好吃，冬天里常吃。京都的副食品店里常有卖的，东京则好像很少见到（对不起，又提

---

1 美国电影演员、导演（1955— ）。

2 原是日本京都的一种菜，一译"赤东使者"。

　　不知何时开始在邻院徘徊的白猫。还不时溜到史蒂夫的院子里来。估计是邻居有人照看它。仔细端详，表情甚是有趣，颇像过去当过总理大臣的大平正芳。从窗口叫道："喂，正芳！"它抬起脸向这边看，仿佛说"烦人"。我有个毛病，动不动就擅自给别人的猫取名。

起青山纪国屋——这里倒时常可见到。当然贵得离谱）。不知何故，"水菜"经常摆在波士顿的超市里，名称也同样叫"mizuna"[1]，价格也不算贵。买回来放到火锅里同豆腐一起煮十分可口，直接当色拉吃也未尝不可。大概是日本人在美国栽培"水菜"成功了吧。记得去年没看见，不管怎么说，这都是今年冬季的一个好消息。

此外以日本名称出售的蔬菜有 shiitake[2]。这个在美国也很有名了，餐馆食谱里也有，一般人都晓得是什么东西。但 mizuna 还不怎么有名，收款台的阿姐常问："What's this?"而 shiso[3]到底只日本食品店才卖。一次我买时旁边一个美国人问我："What's this?"我告诉说这个叫 shiso，如何如何吃，切了放在色拉里非常好吃。可是老太婆只夸奖说"噢，好漂亮的菜啊(very beautiful vegetable,isn't it)"，径自离去，大概是认为量不多而钱不少吧。想来同量相比，shiso 这种菜的确价格是够高的。不过，吃一满满大海碗紫苏的人终究是不存在的。

1　"水菜"的日语发音。

2　日语汉字"椎茸"的读音。即香菇。

3　日语"紫蘇"的读音。即紫苏。

SHISO

AKE

MIZUNA

WHAT'S
THIS ?

　　说点跑题的话吧，很早以前同样在美国超市里买盒装豆腐时，身旁一个美国老太婆求我帮她挑一块好些的豆腐。想必以为日本人一定会看豆腐。于是我得意洋洋地告诉她："这个嘛，全都是新鲜的好的，只管买好了。"说着为她挑了和自己买的一样的豆腐。不料回家打开一看，从里到外全变质了。那老太婆必定心想日本人根本相信不得。或者以为豆腐这玩意儿本来就是这么一种味道，就是这么黏丝丝的，于是径自大口小口吞进肚里也未可知。总之想起来叫人胸口微微作痛。

　　另外我在波士顿觉得好吃的是 whole wheat walnut bread[1]，蘸一点乳脂吃。一旦吃惯了美味的 whole wheat，普通的所谓 white bread[2] 就渐渐难以下咽了。只是，这 whole wheat 的问题在于日本人由于上腭结构而很难发好这个词的音，我也时常给人反问"what?"，虽是日常小事，但终究不大是滋味。我这么一说，我家太太应道："唔，那

1　意为"全麦核桃面包"。
2　意为"白面包"。

么说来，我去糕点店买奶酪饼也总是讲不通。"Cheese cake[1] 这个发音究竟哪里讲不通？对不起，我是全然理解不了。

不管怎么说，波士顿、剑桥附近的面包店总体上质量很高，令人欢喜。在普林斯顿住的时候，心想美国面包怎么这么难吃，很怀念日本的面包。而搬来这里以后，日本面包早已忘得一干二净。在这点上，任何国家的大都市都不是浪得虚名。诚然，同田园牧歌情调的高级乡间小镇普林斯顿相比，犯罪活动多，门必须牢牢上锁，晚上不能随便游逛，居民也都神经兮兮的（虽然没纽约厉害），但尽管如此，还是不由心想"有美味面包店毕竟不坏"。慢悠悠地散着步，顺便走进附近面包店，在那里一边喝咖啡（美国的面包店大多有椅子，可以坐着喝咖啡）一边手撕刚刚烤好的面包"咔嚓咔嚓"嚼食，对我来说又是一个"小确幸"。

如此这般，在日本也好在美国也好，我都和杰克·莱恩一样，一有时间就自己出去购买日常食品，对此决不讨厌。萝卜多少钱一根酱油多少钱一瓶——把这些日常性现实塞进脑袋，我认为对于人

---

1 意为"奶酪饼"。

来说是基本的重要事项。况且一个一个细细查看超市货架上整齐排列的食品，也是极为赏心悦目的活计。倘若劝俄罗斯人流亡，我一定劝他来波士顿："在波士顿，只要你愿意，任何时候都可以在面包店门口随便喝哥伦比亚咖啡，吃刚刚烤好的热乎乎的 whole wheat walnut bread。"不过，在苏联分崩离析的现在，前来流亡的俄罗斯人也已经没有了。

对了，我曾写过自己以邮购方式要了"猫喜欢的录像带"，却一如往常搁置一边未提。那么就简单说一下后来的经过。录像带送到手上后，两个人先看了一遍。我们嘀咕这有可能是诈骗，因为猫根本不会喜欢这玩意儿。随即半信半疑地寄给日本一个身为猫学权威的朋友，请其试验一下。结果令人惊喜："猫喜欢得什么似的！"对方报告说无论反复看多少遍猫都兴致不减，如醉如痴地对着电视荧屏又扑又跳。她以写东西为业（由于她在不准养猫的公寓里养猫，暴露出来相当麻烦，在此隐去其姓名），所以"想不受猫的干扰慢慢写东西的时候，就放录像带给它看。这一来猫就像被钉在那里似的出神地对着电视机"。对于电子打字机和电脑键盘时常被猫蹂躏、

某日新英格兰地区的火烧云，颇有斯蒂芬·金意味，似乎有什么不吉利的事情发生，但最终平安无事。

故而情绪低落的人来说(决不在少数),这盘录像带无疑是一大福音,在此大力推荐。

只是,对养在城内屋子里的猫虽有绝妙效果,但对郊外自由放养的猫则"效用不大"。有兴趣的人或很想得到的人请按以下地址写信过去(名称为"video catnip",价格 19.95 加拿大元)。接购货电话的老伯是加拿大人,好像整天闲着无事。不过再重复一遍:这录像带人看可是傻乎乎一点意思也没有的,请不要尝试。啊,害处倒也没有的。

Dick Shapiro Enterprise Ltd.

Suite 105,10Wynford Hts.Cr.

Don Mills,Ontario M3C 1K8

Canada

电话 416-441-1045

◇ 后日谈

九六年一月六日据《日经流通新闻》报道，日本这回也出了同类录像带。内容大致相同（松鼠和小鸟在森林里活蹦乱跳的图像，时间约二十五分钟），制作者为美国一家公司，没准和我在这里介绍的是同一产品。"狗看的录像带"和"猫看的录像带"似乎是同时推出。这样，往后就用不着特意往加拿大打电话了。哪位有兴趣请问一下附近的录像带店。"狗篇"也想看上一眼……价格听说是二千四百八十日元。

无可救药的塔妮娅，
驯猫队，
被发现的诗人

二月十日。我被盗的"大众·科拉多"终于时隔两个月从修理厂回来了。偷走的轮胎和 BBS 合金车轮都已更新，这里那里检修一番，车身油漆得焕然一新，防撞杆换了，一共花了七千美元，差不多都是保险公司出的。轮胎本来就相当旧了，正想更新，车身也因为停在路上而伤痕累累，所以老实说可谓"此其时也"。但毕竟有两个月的租车费用（一千二百美元）未能报销，而且同保险公司负责此事的塔妮娅这位 C 大调（说法未免陈旧）女士再三用电话交涉也实在把人折磨到了极点。非我开玩笑，神经早已支离破碎。塔妮娅这个人所作所为极端敷衍了事、about[1]（这也够陈旧的），打电话也经常不在公司，转眼就把东西弄丢，明知是自己的过错也毫无反省之意，做了硬说没做，没做偏说做了，简直是双倍噩梦的化身。假如此人办事地道一些，修车一个月都用不上。

　　所幸擅于交涉的堀内先生的太太中途把心力交瘁的我热情替换下来，由她同塔妮娅唇来舌去，这才使得车在两个月后返回家来。若无堀内先生的太太，拖上三个月也未可知。堀内先生是牛顿-威尔斯利医院的牙科医生，担任波士顿马拉松理事（我通过马拉松同他相识），太太是纯粹的东京人，精力充沛得简直都能画在画上拴上线放飞到天上去，娘家在神田[2]开糕点店。但是，就连"比喜欢三顿饭还喜欢舌枪唇剑"的她都说"险些顶不住塔妮娅的赖皮"。这一场恶战堪称龙虎之战、《终结者2》(Terminator 2)、泰德·肯尼迪对纽特·金里奇，从中得以窥见美国社会的万丈深渊和阴森可怕，我是肯定抵挡不过的。

1　粗略、粗线条、马马虎虎。
2　东京市区的地名。

　　日语叫"树冰"。英语怎么说来着？忘了，当时倒是记得的，抱歉。这天早上气温急转直下，直到第二天下午全城树木都一直这个样子。金灿灿地反射着阳光，漂亮得很。这是在大学校园里拍摄的。即使在寒冷的波士顿也很少冻得这么漂亮。报纸上说，五年或十年才有一次。

不过，同这家保险公司的细节性交涉至此并未全部结束，后来也啰啰嗦嗦麻烦不断，一一写来话长，这里就免了。总而言之，费了好一番折腾才好歹告一段落，精神上也已疲惫不堪。我们夫妇——我不擅长现实性交涉，她又不擅长外语，缺陷对缺陷——这种时候尤其焦头烂额。国外生活若无纠纷倒还快活自在，然而，"犹如没有不缺的满月，也不存在没有纠纷的生活"（村上・彼得定律[1]），有时总得面对困难局面。

二月十五日。

继续说猫。

日前波士顿一条商业街搞了场"喜跃（Friskies）"主办的"Cat Show"（猫展），超过三百种的珍稀猫们欢聚一堂，甚至搞了驯猫表演。遗憾的是我因为忙着修改小说没能去成，但因为对"驯猫表演"感兴趣，遂派调研员兼摄影师去了会场（总之即我家太太去看了热闹）。

1　"彼得定律"是认为人必定由"有能"变化到"无能"，因此社会上必定充斥着无能者的"定律"。见于罗莱士・彼得和雷蒙德・哈尔所著的《彼得定律》一书。

据波士顿环球报报道,率领这支驯猫队的是一位名叫司各特·哈特的老资格驯兽师。哈特说教家猫表演节目比教狮子还难,"因为猫不懂得忍耐"。确实如此。猫这东西,较之被人教什么,更习惯于教什么给人。然而此人在电影《一级戒备》(*The Sentinel*)中完成了一幕复杂表演:让一只猫叼一只假鸟,放下,盯视女演员,呜呜叫,重新叼鸟跑开。端的身手不凡。

哈特断言任何猫都能训练。其根据是:

(1) 猫总会饿肚子。

(2) 从根本上说猫比人脑袋好使。

不过(2)似乎是少数例外。倒是觉得可以理解。

教猫表演的起步阶段是:叫一声"绿子",让小绿子走来这里。这是第一步(其实也不易做到)。猫不同于忠实的狗,特别能伪装,明明听见了也装作没听见(小说家中也有若干如此人物)。教猫表演,必须准备好发出特殊声音的BB机之类的东西和奖赏用的食物。一段时间里,给猫吃它最喜欢的食物的时候用BB机发出"B——"声。这样,猫就以猫的智慧认识到"噢,原来这食物同B——声有某种关系"。确认猫产生这样的认识之后,把"B——声"同表演巧妙结合起来即可，总之，即所谓"巴甫洛夫猫"。

作为教猫表演的奖品，婴儿吃的奶酪比什么都有效。哪位有时间不妨一试。在此基础上不断加大训练力度，一般说来，"坐"、"趴"、"后退"这样的动作任何猫都能做到。据哈特介绍，训练猫用抽水马桶大小便也不是什么难事。真的……？诸位不妨一试，试成功了，请告诉我一声。依我的经验，那玩意儿并不容易。同教"后退"相比，教小说家在月球上行走或许稍微容易一点，不是吗？

[猫展调研员的报告]

"挤得一塌糊涂啊！驯猫表演开始前三十分钟跑去一看，台上空空荡荡的，只有前座的二流猫在神神经经地做二流表演。这样子看也没什么意思，就在周围转了转消磨时间，看了很多猫。到开始前十五分钟，我估计差不多该表演了，不料回去一看人山人海的，根本看不见。"

"怎么搞的，岂不是关键场面没看就回来了？"

"瞧你说的，不是因为一片混乱看不到吗？既然那么想看，自己去看好了，哼！"

瞧她说的，我不是正忙着吗！不管怎样得先挣生活费嘛，哼！

不过，据调研员的个人见解，较之看场内聚集的珍稀猫、高价猫，看在那里卖猫的饲养员的长相要有趣得多。所以她好像没正经看猫，而光看猫饲养员了，对猫毫无印象。"脸长得那么奇形怪状的人聚在一起的场面生来第一次见到。若是还能看一次那种奇异光景，再去一次猫展会场也未尝不可。"为什么美国长相那般奇特的猫饲养员为数众多呢（我没说日本的猫饲养员，请别恼火）？原因全然不解。或许有某种特殊情由。毕竟不好当面问个为什么。

但细想之下，文豪托尔斯泰曾经说过："幸福的家庭大体相似，而不幸的家庭各有不同。"这点在人的长相上面也是一样。例如提起"动人的美女"，脑海里基本上能够即刻浮现出图像，但若有人说"真是奇丑无比几乎叫人晕过去"，听了脑袋里也一片茫然，是吧？听我家太太那么说，我拼死拼活地想象聚集在猫展会场里的"脸长得那么奇形怪状的人"，可是根本不成。我这有限的想象力实在没办法接近那种超现实的现实。唔，去了多好，遗憾。

以前写过我常听雪儿·克罗的 CD。现在也常用组合音响装置听。其中收录的走红歌曲《我想做的一切》(*All I Wanna Do*) 的歌词我一直觉得很"酷"很 hip-hop[1] 很有冲击力。前几天看波士顿的报纸，上面介绍了歌词的作者。看来这歌词到底引起了很多人注意。

此人受雇于佛蒙特一所没有名气的小大学，任创作专业老师，全然默默无闻。本来是诗人，但一如世上绝大多数诗人那样，出了诗集也完全卖不出去。无奈——不知是否出于无奈——只好在大学主持一个"小说的写法、诗的写法"那样的讲座，以此维持生计。也是屡见不鲜的模式。这支《我想做的一切》是他很早以前收进自己诗集发表过的一首诗，但依他的说法是"全世界除了我大概没人读过"。当然也没有反响，自生自灭了。

不料为自己的曲拼命地到处寻找好歌词的雪儿·克罗，不知通过什么途径在旧金山偶然拿到了这本诗集，当视线落在《我想做的一切》上的时候，脑袋里当即闪出火花："对了，就是它！"于是提笔"刷刷刷"——是否"刷刷刷"我不晓得（"刷刷刷"地想象各种场景是小说家的痼疾）——谱下旋律。以后如众所周知的那样一炮打响。

1　20 世纪 80 年代前期在纽约黑人之间兴起的感觉新颖的文化，如摇滚乐、霹雳舞等。

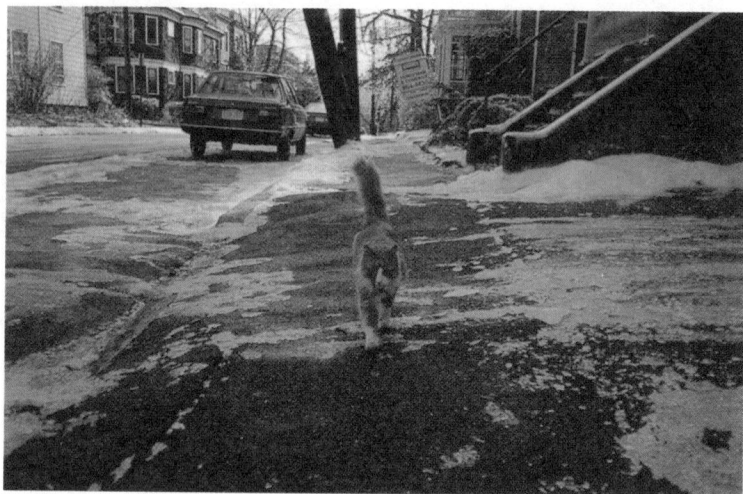

　　二月街头的猫。一看就知它很冷。显然在说："呜——，咔喳咔喳的，这样的天气真是懒得出来啊！"尾巴也晃悠悠乱蓬蓬的。不过，猫想必有非外出不可的什么大事。比如去买今天上市的珍珠酱乐队的新歌 CD 啦什么的……不至于吗？

重复部分改动了一下，其他基本原封不动。仔细听听好了，的确够"酷"的。一个人开车听它的时候，我常常跟着唱重复部分。

　　"居然有人把那种书拿在手上看，难以置信啊！"诗人至今仍在怀疑（看来此人实在悲观得可以），但几星期时间里他就拿到了相当于去年全年的收入。可喜可贺。近年来少有的好消息。人生真是充满变数。"没有不好转的局面，一如没有不圆的新月"——若能在此化为定律就好了，不能如此明确断言是叫人心里不大好受。"还是事物的阴暗面容易化为斩钉截铁的定律"——这又是一条村上·彼得定律。

恕我啰唆，又是"树冰"。不是"树冰呀
树冰……"那样快活唱歌的树冰——莫非"雾
冰"？——总之冷得要命。新英格兰冬天的太
阳从树枝间探出脸来。就连去附近超市购物，
脚下都吱溜溜打滑，险象环生。

幸太郎的去向，
小猫莎夏的坎坷命运，
再次参加波士顿马拉松

三月二十八日。春天了，阳光完全柔和下来，猫的身影开始出现在街头巷尾。波士顿的猫在温暖的家中东倒西歪迷迷糊糊度过了漫长而严冷的冬天（一次雪也没扫），现在终于出动了："好嘞，得出去瞧一眼了！"一旦猫们在外面出现，当地人就知道春天到了，波士顿马拉松快开始了。顺便说一句，依花粉症权威我太太的说法，此地花粉症开始时间比日本晚一个多月。

我小时候，每当冬天来临，天气一天比一天寒冷，我就担心猫们感到不安——它们会不会以为世界一个劲儿变冷，最后迎来冰河期，什么都冻得硬邦邦的呢（过去如果有时间，我对与己无关的事也相当放在心上）？但猫们毫无那种迹象，总是无忧无虑地在被炉

1995 年波士顿马拉松女子冠军

旁边呼呼大睡。看来猫们不一一考虑那么多烦心事，也不得什么病。"冬天一过，春天来临，决无差错，无须担心"——这一基础知识肯定作为遗传因子一代代嵌入猫的脑袋里，或者猫在倾向上从不为将来的事抓耳挠腮也未可知。

这么着，春天来了猫们也没怎么现出欣喜之色，仿佛在说"早都知道会这样……"兀自慢腾腾地走去门外。猫的这种无动于衷也蛮好。但今年不知何故，邻居家的猫幸太郎（原名叫莫里斯）仍未露面。往年它早已在院子里翻来滚去舔肚脐，或被家人关在房子里，蹲在门口楼梯上呆看着路面怄气，而今年却迟迟不见。莫非生了一

这是我喜爱的邻居家的猫幸太郎。怎么样，可爱吧？不特别可爱？可性格不坏。对人也算热情。话虽这么说，但在附近母猫们中间，作为"男性"的评价好像不怎么样，这点不难想见。就气氛来说，较之原名"莫里斯"，还是我取的"幸太郎"合适。你看呢？

冬天病一下子没命了？幸太郎是一只中年褐色公猫，总好像呆头呆脑的，优柔寡断，其貌不扬，但脾性绝对不坏。左邻右舍的猫的情况总让我牵肠挂肚，虽说事情怎么都无所谓。

特别是我已在海外度过了八年堪称浪迹萍踪的生活，居无定所，没办法静下心来养一只自己的猫，只好时不时逗一逗附近的猫以缓解自己强烈的"猫饥饿"状态。"搭理那么蔫头蔫脑的猫，我都惹了晦气！"——尽管太太冷嘲热讽，但我每次遇见都情不自禁地抚摸幸太郎，一口一个"乖乖"。我就是这么没出息。原先在日本自己养的那只猫作为写稿的交换条件半推半就地放在了讲谈社的德岛家里。当时它大约十二岁，现在早过二十岁了，受到德岛一家百般疼爱，仍活得精精神神。那是一只非常聪明的母暹罗猫，在我养过的猫中最和我"合得来"。已经不再是我的猫了，但我还是希望它永远健康长命百岁。

提起猫，不久前一只"起死回生的莎夏"猫成了波士顿的话题。莎夏生下来的时候以为彻底断气了，母猫的养主把它直接埋在后院土里。但猫只是一时昏迷，并未死去。很快在土里苏醒过来，"喵喵"求救。幸运的是附近居民听得细微的"喵喵"声，赶紧挖开地面，把一息尚存的莎夏从土里救出。不过，既然听得见邻居院里埋在一英尺下的小猫微弱的叫声，此人耳朵一定很灵敏。而这样的人住在旁边，难免叫人心情紧张。但不管怎么说，对小猫莎夏可谓万幸。

在美国做这样的事，养主本来要受到动物虐待法的严厉制裁（与其为这码事制定法律，还不如对市场上的自动步枪加以管制——真想如此呼吁，也罢，算了），但这次因养主认定猫已死掉之故而得以幸免。不过，小猫由当地动物庇护所（还真有这玩意儿）领走了，在那里受到无微不至的照料。这条消息通过CNN[1] 传播开来，无数申请领养莎夏的信从全美各地飞来庇护所，引起了不大不小一场骚动。如今莎夏被一位热心的"爱猫家"收养了，一天天茁壮成长，在马萨诸塞州郊外欢度幸福人生。据说猫食盘子是水晶做的。猫用水晶器皿，怎么说呢，唔——，恭喜恭喜！

1　（美国）有线新闻联播网。

同在波士顿，日前有个父亲把刚刚出生的婴儿同样活埋在院子里，遗憾的是这回没人察觉，死掉了。那个人当然被捕了。也有母亲嫌哭声烦人而把婴儿从高层公寓窗口一下子扔出去的，还有的母亲同样讨厌哭声而把婴儿小手浸入滚开的热水，肉都烫掉了。烫的时间很长，直到骨头露出。

早上起来打开波士顿环球报，总是有一两则这种不由令人摇头叹息的悲惨报道闪入眼帘。日本的报纸当然也时不时报道这样的惨事，但美国的报纸天天都有，读起来渐觉黯然神伤，有一种深深的无奈感。看住址，这种事件大多发生在贫穷的大城市中心区。罪犯当然受到了谴责和惩罚，但仅仅这样恐怕什么也解决不了，同样悲惨的事件几天后还要发生。不用说，要从社会结构上斩断这种由深度贫穷造成的惨无人道的暴力锁链，决没有处理小猫莎夏那么轻而易举，其中几乎没有任何童话介入的余地。诚然，如果人人都有小猫莎夏的幸运就谢天谢地了。

四月十七日。波士顿街头有猫们出现之后，波士顿马拉松就要来到了。整个冬天我始终在闷头写长篇小说，几乎没有为马拉松做查尔斯河练习划艇的光景。查尔斯河每年秋天都照例举行划艇比赛，各大学的划艇代表队从全国赶来参加。记得东北大学的代表队也好像从日本来过。电影《狂野之河》开头梅丽尔·斯特里普独自练习划艇的镜头也是在查尔斯河拍摄的。黄昏时分，每每看见中年男子背对夕阳一个人默默划艇，委实潇洒得很。日本很难找到合适的练习场所。

准备。我毕竟是小说家，不是职业赛跑选手，这也是没办法的事。按理，准备不够今年就不该打算出场，但旅居波士顿今年是最后一年，所以还是决定出场。时间固然有点不对头，可是赛跑本身还是令人兴奋的。我不再穿以往参赛时穿的那双轻便鞋，改穿训练用的结结实实的鞋，以免跑坏脚。

我跑波士顿马拉松这次是第四次了。当天有点感冒，身体情况不太理想，成绩令人懊恼。但不管怎样，这次一步也没走而坚持跑到了最后。起跑不大一会儿我就感觉今天情况不妙，从一开始就有意放慢速度，计三小时四十五分跑完。结果还是累得一塌糊涂。

跑到距终点一英里左右的 BU 桥那里的时候，四肢感觉就像抖开包袱似的彻底七零八落，真以为今年要捱不到终点了。但我还是不断地把腿伸向前去，心想无论如何得跑到底，不能打退堂鼓。以往跑进终点马上"咕嘟咕嘟"大喝冰镇啤酒，但这次胃胀鼓鼓的，啤酒看都懒得看一眼，实在筋疲力尽。全程马拉松还是得在身体毫无问题的时候跑才行，勉强不得。下次不写什么小说了，要事先好好练习，保证万无一失——我咬紧嘴唇暗暗下定决心。

不过人未必总处于良好状态——写作也是同样——时间久了，

总是既有高山又有低谷。状态不好的时候就以不好的状态冷静而准确地把握自己的步调，尽量在这一限度内做得最好——我想这也是人的一项重要能力和本领。因为只要在不特别勉强的前提下缩起脖颈一步一步闷头熬下去，状态总会一点点恢复过来的。也许是年纪的关系，不知不觉之间我也产生了这种末路英雄般的悲凉心境。若是三四年前，有可能在没把握好自己身体状态的情况下一开始就放腿飞奔，在"撕心裂肺山"那里一下子瘫倒在地。若说那种不瞻前不顾后的鲁莽正是年轻人的长处，那倒也罢了。

但不管怎么说，波士顿马拉松跑起来还是痛快的。沿路日本人用日语喊"加油"的声援声也是极大的鼓励。那确实让人高兴。每跑一次都真切地感到"原来波士顿住着这么多日本人"。平时只知道对方是日本人而不知是谁，在街上碰见都不打招呼，可在我偶然跑四十二公里马拉松当中，他们竟那么热情地大声鼓励，扬手微笑致意。这种"袖口相碰也是缘"的感觉果真不错。我边跑边想：是的，大家都在异国他乡（说法怕是落伍了）努力活着，我也要加油！其实活得一点也不努力……也罢。

说几句别的事。几年前在我日本的空家里住了一年的一对年轻情侣奥维和海迪，在美国组织了一个志愿者服务活动——"Camp for Kobe Kids"（为了神户的孩子），今年暑假准备把在阪神地震中失去父母的孩子请来西雅图的林间夏令营。募捐进展意外顺利，看样子能够实现。

提起地震，我一二十岁时住过的芦屋市的房子——倒不是什么了不得的房子——听说也倒塌不能住了。大阪神户间以及淡路岛等震灾区的诸位也务请多多加油，现在说倒是有点迟了。

◇　后日谈

"Camp for Kobe Kids"获得圆满成功，奥维和海迪非常高兴。后来在东京见过一次，两人说"孩子们实在好极了，一次难得的体验"。同时也表示了他们的疑问："为什么日本没有派精神科医生和法律顾问为精神上深受伤害的孩子们提供帮助呢？难道这不是很重要的吗？与其让那么多没什么事可干的人前后跟着，还不如把那样的专家领来，不是吗？"同他们交谈之间，我也觉得理应如此。沙林毒气事件的受害者也是一样。肉眼看不见的内心伤害一般都被置之不理，以致产生了许多无可挽回的后果。

另外，他们还对日本政府机关的官僚主义愚蠢作风深感震惊和气恼。心情完全理解。

遭受无端攻击的鸭子，
令人怀念的气味，
可怕的时间裂缝

除了新闻，我很少看别的电视节目（无论美国还是日本都没有我特想看的节目，遗憾）。不过有时遇上少见的或漏看的电影，我就准备一瓶啤酒和手抓小菜坐在电视机前的休闲椅上，快活两个小时。上次看了里根和南希夫人（那时两人尚未结婚，她的名字叫南希·戴维斯）联袂主演的《海军悍妇》（*Hellcats of the Navy*）。电影比听说的还糟，演技拙劣至极，令人哑然失笑。但当时我正在研究第二次世界大战期间美国潜水艇的结构，图像资料颇有用处。电影的确提不起来。

最近看的老影片中，最有看头的是库布里克[1]最早期的作品《杀

1　美国电影导演（1928—1999）。

手》（*The Killing*）。一部极具纪实风格的黑白片，爽净利落，冷峻潇洒。其次是劳伦斯·哈维以战争结束后不久的东京为背景饰演孤独的日本血统美国摄影师的《多美子》，堪称罕见的珍品。另外一个收获是把因司各特·菲茨杰拉德写剧本而闻名的《三人行》（*Three Comrades*）和由雷蒙德·钱德勒[1]写剧本的《蓝色大丽花》（*The Blue Dahlia*）收进了录像带。前者看到最后有点累人，而由艾伦·拉德[2]主演的后者那黑乎乎懒洋洋的五十年代暗色调胶片情趣即使现在也能给人充分的艺术享受。钱德勒式的文法也英风犹在，引人入胜。

克林特·伊斯特伍德主演、迈克尔·西米诺执导的《霹雳炮与飞毛腿》（*Thunderbolt and Lightfoot*）尽管不很稀罕，但由于公映时没看，近来也在电视上看了一遍。推进速度有点缓慢，现在看未免有陈旧之感，但也惟其如此，风格才显得卓然不群，而这点的确不坏，值得一看（不过以当下眼光看，那时的伊斯特伍德活活傻萝

1　美国小说家（1888—1959）。硬汉派的代表人物。

2　美国电影演员（1913—1964）。

卜一个）。

对了，电影中有这样一个场面：扮演有怪癖的准坏蛋的乔治·肯尼迪朝围上来的一群不知天高地厚的毛孩子吼道："Hey,kid[1]…Fuck a duck!"这样的说法还是第一次听到，觉得奇怪，而手头的几本英语辞典根本找不见"fuck a duck"。问辞典权威熟人柴田元幸，他说兰登书屋新出的厚厚一大本俚语辞典（*Historical Dictionary of American Slang*[2]）中有。当即找来一查，果然有此说法。意思和英语中的"go to hell!"或"get out!"相同，总之即"滚开！"之意，并非字面上的"跟鸭子交配去"的意思。同鸭子交配这个视觉印象无论如何都荒诞不经。但是自那以来，每当外面有什么让我恼火的事，我就险些朝对方吼道："Hey ,fuck a duck。"自己都有些后怕。近来愈发想入非非，甚至有黑鸭子男声四人组合[3]成员惨遭雪人[4]或其他什么强暴的场面掠过脑际。这个也够可怕的。

1　意为"喂，小鬼"。

2　意为"美国历史俚语词典"。

3　日本男声合唱组合，成立于1951年。

4　传说中生长在喜马拉雅山的人形生物。

　　这是前面出现过的佛蒙特的"ahiru（鸭）on a hill"照片。因是鸭子题材，这里再次出场。这回我也照进去了。"小姐、小姐，有好吃的给你，快过来啊，不用怕的！"——我正在用战后驻日美军大兵那样笨笨磕磕的语声招呼鸭子。不料鸭子十分谨慎，我们之间的距离很难拉近。夕阳缓缓落山。

顺便说一句，若是"fuck the duck"，意思则大约为"工作中适当偷懒"——虽然我也知道记这玩意儿考试派不上用场。语言这东西千变万化很难掌握，仅仅交配一只鸭子就有"那里的一只鸭子"和"在那里的特定鸭子"的区别。英语真是恐怖，一个定冠词都马虎不得。

四月二十九日星期六有一场由我所在的塔夫茨大学自治会主办的例行野外音乐会，今年由B.B.金[1]出场。Faculty（教职员）票价五美元。这个时期美国的大学课已基本上完，到考试和提交论文还有一点时间——类似所谓郁闷发泄临界期，学生当中有一种"想尽情大闹一场"的气氛。所以，大家全都带着装有冰镇啤酒的塑料袋聚拢过来。不过，美国严禁不满二十一岁的人饮酒，因此入口分为"二十一岁以上者"和"除此以外者"两个，只准二十一岁以上的学生每人带两瓶啤酒进场。在入口处必须出示两种证明年龄的ID[2]

1　美国黑人吉他演奏家（1925—　）。

2　Identification 之略，身份证明。

（在这个国家，不知是否因为一张不足为信，经常要求出示两张）。携带自动手枪的校警站在门口，郑重其事地严格检查。我倒是觉得都十九或二十岁了，喝瓶啤酒什么的有何不可。

话虽这么说，一旦过了入口，二者就在同一场所汇合了，哪里管什么二十一岁以上还是以下，只管吵吵嚷嚷大喝特喝。不知从哪里飘来了令人怀念的大麻气味。我对学生说"喂喂，好像一股大麻味儿"，学生就问："哦，老师（姑且被人如此称呼）你那时也有大麻来着？"开什么玩笑！那东西很早很早以前就有的嘛。大麻和大麻提炼的麻醉剂之类过去可是吸了个淋漓畅快……这么说倒是言过其实，当然。

不过在美国住起来，吸大麻的机会相当多，尤其是遇上婴儿潮那一代的大学老师，对方往往招呼道："喂，春树，有好东西，不来一支？"当然没理由拒绝。"来一支吧！"于是去他房间，一边不胜依依地听着往日的杜兰[1]，一边重温旧梦，光景俨然那部《动

1　即"杜兰杜兰"，英国乐队名。

物屋》（*National Lampoon's Animal House*）中由唐纳德·萨瑟兰[1]扮演的新潮英文老师。

很早以前我为健康之故把烟戒掉了。从经验上说，大麻这东西的害处比烟少得多。它和烟不同，没有毒性。所以，只因稍稍吸一点大麻便被当作罪犯穷追猛打的日本社会风气实在匪夷所思。在美国，出于个人娱乐而吸一点大麻一般都被网开一面。各州情况多少有所不同，但携带大麻者即使被警察发现了，所问之罪大多是罚款了事。这样运用法律我想大约还是得当的。

有一点强调一下，在日本我绝对不吸大麻，因为不值得为这个冒风险。

原打算带啤酒进去，一边听音乐一边轻轻松松受用日光浴，不料这天偏午时分气温骤然下降，冷得根本顾不上啤酒。新英格兰时不时有这样的天气。本以为春天了暖和了，结果转瞬之间像掉进冰窖一般气温骤降，下冰雹都有可能。这一来，啤酒早已忘去九霄云外，

1　美国电影演员（1935—　）。

冷得我只顾裹紧塑料薄风衣瑟瑟发抖。学生给了我一瓶啤酒，我也少见地剩了一半。而美国学生们却只穿一条短裤，光着上身，兴致勃勃地"咕嘟咕嘟"喝着啤酒跳舞起哄。至于这是精力旺盛还是故意逞能，是习惯了寒冷还是性欲亢进，抑或仅仅麻木不仁，我则难以判断。但无论如何也比不过他们这点是不容怀疑的。

　　不知何故，位于波士顿郊外山冈上的塔夫茨大学少有黑人学生，几乎全是白人学生（犹太血统居多），minority（少数派）中日本、韩国、中国等亚洲学生占多数。所以，作为情景同 B.B. 金音乐会那样的气氛似乎关系不大，但实际还是相当热烈的。学生们猛喝尚未喝惯的酒、烂醉如泥横躺竖卧的场面当然全世界任何地方都有，问题是还上演了一场剧烈的武打戏——似乎吸过毒的学生厮打得难解难分，最后被警察制服，扣上手铐押了出去。好一场龙争虎斗的音乐会。还有的学生因为跳到台上吻人家 B.B. 金而被赶下去。塔夫茨一般作为公子哥儿和千金小姐汇聚的大学广为人知，不料动起干戈来也真够可以的，令我大为佩服。学生就是要有这股干劲才行，就是要发疯胡闹才行。但愿他们继续发扬光大。

　　遗憾的是怕冷的我没怎么上来兴致。况且我个人中意蓝调，

　　塔夫茨大学校园 B.B. 金音乐会
场景。B.B. 金的侄儿加入乐队吹萨
克斯。作为乐队的音响合成虽不甚
讲究，成员却一大堆。有可能把附
近的亲朋故友一股脑儿拉了进来。
无所谓倒是无所谓。

觉得舞台还应该再有点野味。但最后的压轴戏《激情已逝》(*The Thrill Is Gone*) 还是无可挑剔的。

五月十日，正在剑桥一座高级公寓楼的大厅里等人，一个投递员拿一份文件走来对管理员说："斯蒂芬·金来通知单了！"我听了差点儿从沙发滑落下来。斯蒂芬·金住在缅因州，在剑桥也有房子，时常来看波士顿红袜队[1]棒球比赛，此事尽人皆知。斯蒂芬·金到底以谁为对象、来了怎样可怕的（大概）通知单呢？作为我极想知道，遗憾的是因时间关系未能看个究竟。

几天后，得知原来波士顿有一家和斯蒂芬·金同名的地毯商——令人兴奋了半截——总之不过是通知送地毯罢了。一场虚惊，嘘！顺便说一句，金氏在剑桥的房子带着个挺棒的怪兽状滴水嘴，因为有空，我还特意跑去看了。别人来看我的房子我不高兴，而自己反过去看别人的，人这东西真是自私，或者说不争气也未尝不可。

说起斯蒂芬·金，以其中篇小说改编的短电视连续剧在 ABC 电视台播映了。名字很奇妙，叫《时间裂缝》（*The Langoliers*），

1　美国马萨诸塞州波士顿的棒球队名称。

一次两个小时，分两天播完。就我看的第一次来说，可谓妙趣横生。主演是迪恩·斯托克维尔，电影《秘密花园》中的女孩也出来了。报纸电视评得一文不值，加之同是 ABC 拍摄的短电视连续剧《末日逼近》(*The Stand*) 也一败涂地，因此没抱多大希望，只是心血来潮地斜眼瞄了几眼。不料第一次实在妙不可言。走红的《肖申克的救赎》和由凯茜·贝茨[1]演反面角色演得很卖力的新片《热泪伤痕》(*Dolores Claiborne*) 作为电影也的确不坏，但摄制者的姿态多少有点班委会学生干部那种直来直去的火药味儿，仿佛在说："那你想怎么样？"相比之下，还是《时间裂缝》更为方便食品式、流行麻将式，轰轰烈烈吵吵嚷嚷，也就是富有斯蒂芬·金色彩，反而别具一格。于是兴冲冲看了后一半……得得，什么呀，这是？最后现出原形的时间裂缝不过如此罢了，只能一笑了之。说到底，最可怕的还是客串的斯蒂芬·金逼真的演技。啊，我晚间宝贵的四个小时究竟是被怎样的黑暗空间、被怎样的时间裂缝吞食掉的？再不看什么电视了！

1　美国女电影演员（1948—　）。1990 年获奥斯卡最佳女主角奖。

俄勒尼克家的小姑娘。才十四岁，漂亮得不得了。上过日本小学，会讲不少日语。同俄勒尼克一家去过附近的爵士乐夜总会，一起听了琼斯的现场演奏。

仍然活着的幸太郎，
信天翁的危险命运，
章鱼的赴死之路

　　以前写道邻居家的猫幸太郎不见了以后，我担心它说不定冬天里得病或遇上什么事故一下子死了。但后来得知，幸太郎活得好好的。

　　一次在路上遇见房东史蒂夫，我试着问道："近来见不着莫里斯（幸太郎的真名）了，怎么回事呢，您可知道？"史蒂夫告诉我："啊，春树，莫里斯最近搬家了。它是在我旁边租房子住的詹姆斯饲养的，詹姆斯今年一月结婚了，在列克星敦买了一座房子，就领莫里斯去了那里。房子相当大，还带院子，莫里斯想必也欢天喜地。不过看不见它是有点寂寞。"

　　说实话，我原先怀疑史蒂夫想弄死幸太郎——史蒂夫总是把院子收拾得干干净净，而莫里斯／幸太郎时不时在院子里拉一堆屎（我都撞见过若干次），史蒂夫一气之下很有可能用耗子药什么的——用耗子药对付猫也够稀奇的——把它毒死，悄悄埋到什么地方去。老实说，做梦也没想到史蒂夫会想念不见了的幸太郎。看来不可无根据地怀疑别人。

可是，一想到其貌不扬的中年公猫幸太郎成了列克星敦豪宅里的居民，在前院修剪得整整齐齐的草坪上拉屎，或在门口张开四肢"吧唧吧唧"大舔那个不怎么美观的小鸡鸡，我就觉得有点儿怪。但愿新婚妻子别紧逼詹姆斯："喏喏，养这么一只呆头呆脑的猫，我们的人生都没好运了，还不把它领到水塘那里一把甩进去了事！"当然喽，毕竟是别人家的猫，怎么都无所谓。

房东史蒂夫是个建筑师，住在剑桥费耶特大街一座三层楼的一楼，我住二楼，三楼住着一对年轻医生。史蒂夫是我迄今为止的人生途中遇到的为数极少的地道房东之一。毕竟身为建筑师，房子有什么毛病马上前来维修。我提出再有个厕所就好了，他说"明白了，交给我好了"，下个月就把一个壁橱拆掉改建为厕所。十分了得。好说话，认真。

租房子时，出于慎重，我问不动产中介商："那位房东真能够按照讲定的条件在我们入住前打扫干净和重涂一遍墙壁吗？"对方摇摇头回答："那种事你就一百个放心好了。那个 meticulous(认真)的史蒂夫怎么可能不打扫呢？不叫他打扫他都要偷偷打扫的。"当时听了心里仍不大踏实，但住进来一看，的确如其所言。总之从入住第一天开始，他就详详细细地告诉我们房子如何打扫、地板如何擦等等。房子固然清洁，但为了保持清洁，我们必须每天付出相当大的努力。

不过只要好好清扫，史蒂夫就决不说三道四。他举止沉静，知识分子味儿很浓。前面也说了，他喜欢侍弄院子，在后院小菜园里种了珍珠西红柿和火箭菜，夏天也让我们自由采摘。真是好吃。难得遇上那么友好的人。

以我丰富的搬迁经验来说，遇上地道房东的概率，比阪神老虎棒球队夺冠的概率还要低。而和史蒂夫在同一房顶下住了两年，双方从未发生不快。史蒂夫也说："你们安静，房间用得非常整洁，好人！"不过坦率地说，每个月四肢着地往地板上打蜡两次可是够受的哟，史蒂夫！由于你每次来房间时都以严峻的神情仔细打量地

考爱岛的猫。走路时碰上的。
一叫就过来了。看来，同新英格兰
的猫相比，考爱岛的猫终究朴实些。

　　一对男女在考爱岛海滨一边远望落日，一边沉浸在气势恢宏的浪漫中。一看就知是正派夫妇。懂得欣赏这里的落日景观的，较之年轻的恋人，莫如说稍微上了年纪的人更多一些。音乐片《南太平洋》的实景拍摄地就是这一带，想必来这里的都是看过那部影片的那个年代的人。秃头的、胖的、磨损厉害的、疲惫不堪的——欢迎这些人的温馨环境仍保护得完好无缺。之后正确的选择是去附近酒吧，喝着热带饮料听乐队演奏的 Bali Hai。

板，作为我也不得不一个劲儿擦抹。

史蒂夫对这房子十分在意，所有房间禁止吸烟。我六月间搬迁离开了这里，随后入住的听说是热衷于瑜珈的电脑程序编制员。"这回来的人好像也很安静、整洁。"史蒂夫笑眯眯的，一副心满意足的样子。可我总觉得情形有点奥姆教 [1] 的味道。不要紧吧？但愿亲切友好的史蒂夫身上别有糟糕事发生才好。

六月离开史蒂夫的房子以后，我让太太回国，自己和摄影师松村两人横穿美国大陆。租了一辆沃尔沃客货两用面包车，经俄亥俄州、伊利诺伊州、南达科他州、蒙大拿州、犹他州一路向北行驶，花了差不多两个星期，一直开到加利福尼亚。好容易在美国住一次，最后想开车慢慢横穿大陆，看一看内陆地区。我家太太搬家搬累了，不愿意跟我长途跋涉，遂请精力充沛的松村同行。不过美国这个国家也真是大，无论走多远，也无论走去哪里，绵延不断的都是同样的风景，看到最后都懒得看了。一路上不由感叹，这么广阔的国土

---

1 指日本的邪教组织奥姆真理教。教主麻原彰晃。曾制造东京地铁沙林毒气惨案。

居然连边边角角都开发得像模像样！

美国大陆横穿完了，接下去在夏威夷的考爱岛住一个半月，我家太太从东京赶来在此和我相会——不是什么了不得的会师，总之就是碰头。也许有人说在考爱岛住一个半月怕要晒黑的，遗憾的是没那回事。天天下雨，又有东西要写。每天早晨去附近体育俱乐部游泳池游一个小时，此外几乎哪也不去，闷在房间里写东西或躺着看书，时而在宾馆大堂的桌子上"砰砰"敲 520 电脑的键盘。从身旁走过的美国休假游客露出惊讶的神情看着我，仿佛在说："日本人到这种地方还干活？莫不是傻瓜蛋？"有什么办法呢？有长篇要修改。

岛上有很多信天翁。从照片上就可看出，这是一种非常可爱的鸟。胖乎乎的，几乎没有戒心，走近它也不跑。若走得太近，它到底会"咔嗒咔嗒"弄响长嘴，吓唬道："什么呀，你这家伙！什么呀，还不离开！"但并不怎么吓人，而过一会儿它也腻了，乖乖地偃旗息鼓。接下去只管呆怔怔站着不动，仿佛说"那就算了吧"。亦被称为"傻鸟"，难怪在世界范围内濒临灭绝。

幼小的时候，信天翁蓬蓬松松地长一身俨然如"前皇太子"的波浪形黑色绒毛。但不知何故，长到能飞上天的时候，黑毛全都掉了，成了光秃（呃，这可不是歧视性语言，真是那样）。长大了的光溜溜的信天翁想道，好了，得远行了，于是张开长长的翅膀飞上天空，两年时间里一直在大海上空飞翔，从不歇息（据说只落在轮船桅杆上歇息片刻）。两年后，它们准确地返回原有场所交尾，在那里安稳下来养育后代。一种相当独特的鸟。

"不过，两年飞一回也真够厉害的啊，春树！"住在附近的冲浪手兼画家克里斯眼望信天翁深有感触地说，"它大概在想：'打那以来整整两年过去了，差不多该动身了。'可是两年哟！啧啧。"

的确，两年飞一次是够厉害的，不过我熟人里边有的"只和老婆闰年有一回"，所以其实不怎么厉害也未可知。我是不大清楚。

信天翁块头大，起飞相当麻烦，尤其是还飞不熟练的小信天翁，一定要选准风向，从远处快速助跑，否则很难一下子展翅升空。这样，适合信天翁养育子女的场所势必位于海边悬崖，面对风大的海面，崖顶比较平坦。无论怎么看，都难以说是乖巧的物种。

总之，小信天翁在平坦的崖顶一个劲儿拼命奔跑，摇摇欲坠地飞上天空，场面相当可观。顺利升空的时候，真想"呱唧呱唧"热烈鼓掌。不过，其中好像也有不能顺利升空而跌下悬崖送了小命的，

又是毛发蓬蓬松松的俨然"前皇太子"的小信天翁。翅膀大大张开，终于拿定主意：我也该起飞了！可它还不太懂得怎么飞，每当有风吹来，就"啪嗒啪嗒"跑一阵子，稍稍飞离地面，如此反复练习。真能顺利起飞不成？旁观的我们也很为它担心。一副摇摇欲坠的样子，根本不可能成功。不过，如今那只信天翁说不定正在大海上悠悠然凌空翱翔。

可怜的小信天翁，真的很可怜！小说家的命运已经够不幸够险象丛生的了，而信天翁在这点上也决不逊色。

三年前考爱岛遭受历史上罕见的强台风"伊尼基"的袭击，岛上差不多全军覆没。风狂雨骤，多数人家的屋顶被风掀起倒塌，树木齐刷刷栽倒，有的地方连山体都面目全非。去考爱岛的书店，里面有《伊尼基台风纪实》录像带出售，从中可以切实感受到那场台风的摧枯拉朽。有兴趣的人不妨买来一看。台风第二天一早就已创作出"伊尼基之歌"，左邻右舍聚在一起弹着四弦琴齐声歌唱——我边看录像带边想，不愧是考爱岛。不可思议的录像带。

这里住着我好几个熟人，他们都因台风而大触霉头。长时间停水断电，宾馆关闭大半，岛上居民的工作岗位急剧减少。但最倒霉的不仅仅是居民，大自然也留下了极大创伤。相隔许久去岛上一看，首先惊讶的是植物形态大为改观。考爱岛（尤其北部沿岸）以雨量充沛草木苍翠闻名，但细看之下，发现植物的种类以及树形在短时间内发生了急剧变化。

上次来的时候，我和一个第二代日本移民山手老伯去抓章鱼。

黎明前起来，在退潮的浅滩上晃悠悠地走动着找章鱼洞，用鱼叉样的东西掘出来逮住。不过找章鱼洞可没有嘴上说的那么简单。章鱼也晓得被谁发现老巢可不得了，想方设法不让人找到。我怎么注意也全然发现不了，可是山手连连得手："洞口不是堆着沙子么，喏！"一大早被堵在被窝里的章鱼自然乖乖就擒。那天早上六点之前一共逮了六七条。

逮来的章鱼怎么处理呢？一股脑儿扔进洗衣机里清洗。希腊的渔民把逮住的章鱼往水泥地上"咣咣"猛摔直到摔软，但美国逮章鱼的人到底不那么野蛮（politically incorrect[1]），而是按下"西雅兹"全自动洗衣机的"清洗"、"脱水"按钮，"呼隆呼隆呼呼隆隆"转一阵即算完事。我可不愿意当章鱼，正睡得怪舒坦的时候被不由分说拖出来，还没明白怎么回事便被扔进洗衣机"脱水"，简直乱弹琴。无论如何不想落得那个下场。

山手在第二次世界大战期间参加了（实质上是半强制性的）第二代日本移民部队，在意大利和法国同德国精锐部队作战。惨烈的

1　意为"政治上不正确"。

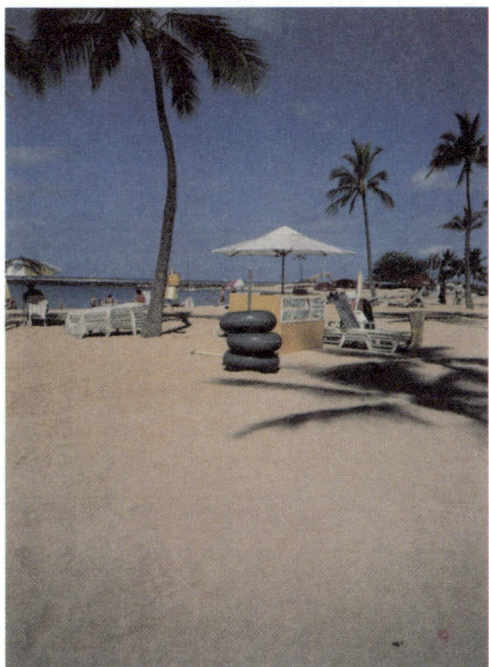

　　夏威夷海滨风景。到底是夏威夷啊！从十米开外"投环"——把重达七公斤的汽车轮胎投了过来，三个好端端摆在一起。这纯属戏言。那里摆着的仅仅是出租浮圈。

浴血战斗持续不断，部队近一半人非死即伤。山手告诉我，日前他和当时的战友们一起去法国访问经过激战所解放的那个法国小镇，时隔五十年同当时的居民重逢，激动地抱在一起重温旧情。不过，提起当年的战争，夏威夷的日本人都不大愿意开口。想必有不少辛酸事，而真正的辛酸是不可能轻易出口的。

　　遗憾的是这回"潮没意思"，没逮住章鱼。对章鱼来说倒是幸事。

名叫彼得的猫，地震，
时间不停顿地流去

一如英国的先人所说，给猫取名字是非常困难的事。学生时代我在三鹰住宿舍的时候捡了一只小公猫。与其说是捡的，倒不如说是一天晚间我走路时它擅自"喵喵"地跟在后面，一直跟进我宿舍房间。褐色虎纹猫，毛长长的，两腮毛绒绒的活像连鬓胡，十分可爱。性格则相当倔强，但跟我甚是情投意合，那以来"两人"生活了很长时间。

一段时间里我没有给猫取名字（也没什么必要以名字叫它）。后来一天听广播深夜节目——记得是"通宵日本"——有一封读者来信说："我养了一只名叫彼得的猫，不知跑去哪里了，现在寂寞得很。"我听了，心想那好，这只猫就叫彼得好了！如此而已，名字没什么深意。

彼得这猫绝对聪明能干。学校放假我回家期间它作为野猫在那一带设法自谋生计，我回来时又好端端地回到我身旁。这样的生活持续了好几年。我不太清楚我不在期间它到底在哪里靠吃什么活着的。后来观察其行动，渐渐得知它大多靠掠夺和捕捉野生动物为食。如此这般，我每次放假回家彼得都变得愈发身强力壮，虎虎生威。

当时我住的地方还明显保留着武藏野往日的面影，周围野生动物也有不少。一天早上彼得把什么叼回来放在我枕边。"得得，你这家伙又把老鼠抓回来了？"我嘟囔着仔细一看，原来是只小鼹鼠。目睹真正的鼹鼠生来还是头一次。彼得肯定在鼹鼠洞前一动不动守了一夜，对方出洞时一把逮个正着，然后叼回来得意洋洋地给我看："如何，我有两下子吧？"鼹鼠是够可怜的，但想到彼得整整一晚上的辛苦，还是不由亲切地抚摸它的脑袋，给它弄点好东西吃。

说起当时养猫的困难，不外乎我的经济状况往往捉襟见肘。主人都没钱吃顿饱饭，哪会有猫吃的呢！我当时根本谈不上经济计划（现在也不能说就有），身无分文的状态一个月当中一般都要持续一个星期。那种时候常向班上的女孩子求援。我若说自己因为没钱正饥肠辘辘，对方必定不理我："活该！那是你村上君自作自受。"而若说"没钱了家里的猫什么吃的也没有"，则多数都会予以同情，说一声"没办法啊"，借一点钱给我。反正如此这般，猫和主人都穷困潦倒忍饥挨饿，有时猫和人还争先恐后地抢夺仅有的一丁点食物。如今想来真是艰苦岁月，但快乐倒也快乐。

结婚时还是学生，在宿舍里穷得叮当响，只好暂且在老婆娘家白吃白喝。但老婆娘家经营被褥店，岳父对我说："猫万万不能领来。那岂不要给卖的东西沾上毛了？"那倒也是。别无他法，尽管可怜，也只能把彼得留下。它的独立谋生能力已然得到证实，剩下自个儿也不至于坐以待毙。

十月一个阴沉沉的午后，我把几件家具杂物和一些爵士乐唱片收藏品装上轻型卡车，在一无所有空空荡荡的房间里把金枪鱼的生鱼片给彼得吃。最后的美餐。"对不起呀，这回我结婚了，那边有那边的情况，不能把你领去的。"我简明扼要地对彼得解释说。但彼得只顾狼吞虎咽闷头吃金枪鱼（情有可原，生来从未吃过这东西）。终究是猫，不能理解主人种种啰啰嗦嗦的情由。

我把吃罢金枪鱼仍在"吧唧吧唧"舔盘子的彼得扔在身后，坐

森に消えるピーター

上轻型卡车离开宿舍。我们俩沉默不语。过了一会儿，老婆说："算了，还是把那只猫一起带走吧，总有法可想的。"我们急忙返回宿舍，把仍在呆呆地思索金枪鱼的彼得紧紧抱在怀里。那时它已完全长成了大猫，觉得沉甸甸的。一贴脸，它腮上的毛像掸子一样蓬松松的。

岳父一开始大发脾气："把猫领来了，开什么玩笑！还不扔到什么地方去！"但看样子他本来就不那么讨厌猫，所以很快就背地里喜欢上了彼得。当着我的面倒是常常没来由地抬脚踢去一边，但一大早在没人的地方却偷偷摸猫的脑袋，给它东西吃，彼得往婚礼用的褥子上小便，他也一声不响地——似乎说了句什么——换掉了事。虽然小学都没好好读完（决无歧视之意。现在不也混得不错么），人又有点古怪偏执，但到底是纯粹的东京人，改弦易辙倒也痛快。

遗憾的是，彼得在此未能养到最后。因为彼得是在乡下长大的，晓得独立谋生，没办法在文京区的商业街生活。肚子一饿，它就一溜烟钻进附近人家的厨房，毫不犹豫地把里面的食物叼走。我们得时常听附近太太们的抱怨："府上的猫把我家剖开的竹荚鱼偷走了。"每次都要解释或低头（低头的往往是老婆的父亲）。但从彼得看来，这样的行为有什么不对它是不清楚的，再挨骂也不理解何以挨骂。

　　哪里一只不认识的猫。胖得圆滚滚的，甚
为怡然自得。脑袋看上去的确好像不怎么好使，
但很招人喜爱，或者说天真无邪，抑或说无忧
无虑，怎么说呢……

　　哪里一只不认识的猫。地点是
东京某条小巷。无论如何，晾晒的
衣服够让人郁闷的。

它已彻底掌握了活命的智慧，对它来说此乃天经地义的生活常态。而且它是在武藏野的大自然中逮着鼹鼠自由自在长大的，这种到处是水泥和汽车的商业街生活弄得它心力交瘁，最后神经失衡，开始到处小便。这当然非同小可。

如此一来二去，我们只好把彼得脱手。住在埼玉县乡下的一个熟人接收了彼得："我家旁边就有一大片树林，动物多得很。这样的猫该过得很幸福吧！"分别心里是很难过，但即使为了猫也还是这样好，所以一咬牙把彼得托付出去。最后喂它的同样是金枪鱼。

听熟人说，彼得在乡下过得自由自在快快乐乐。每天吃完早饭就钻进附近树林，在那里尽兴玩耍，玩够了回家。我听了，心想不管怎么样，对彼得来说这才是最幸福的生活。如此日子持续了几年。某日，彼得终于不再回家了。

现在我有时仍会想到静静地消失在树林里的野生公猫彼得。而一想彼得，我就想起自己还年轻还贫穷、不知恐惧为何物却也不知日后出路的那个时代，想起当时遇见的众多男女。那些人后来怎么样了呢？其中一个至今仍是我的太太，在那边吼道："喂喂，衣柜抽屉打开也不关上，成什么样子！"

九月 ×× 日，我回故乡芦屋和神户——许久没回去了——举办自己作品的朗读会。震灾[1]后我第一次回当地，看到过了八个月仍原封不动留在各处的严重创伤，我还是不能不感到惊愕。虽说是无可抗拒的自然灾难，但切近地目睹到了此番场景，还是不由深思这种事为什么偏偏又在这里发生。从懂事到十八岁之间我一直住在阪神地带，记忆中几乎没有经历过地震。来东京之后固然体验了很多很多次地震，但做梦也没想到大地震把阪神毁坏得如此惨重。人的命运真是无可预知的。

不过高兴的是，神户我往日常去的几家店都还在。靠近海岸的"国王的手臂"（The King's Arms）好端端地剩在那里（两侧的楼房已面目全非），吃过比萨饼的中山手大街的"匹诺曹"（Pinocchio）也剩了下来。"托尔路"（Tor Road）西式食品店的三明治柜台虽然无声无息令人遗憾，但店本身还在正常营业。走进这类久违的店铺，的确让人感到亲切。当时幽会过的女孩也倏然浮上心头。那时

1　指 1995 年发生的日本大阪、神户大地震。

哈佛大学的猫。同前两只相比，毕竟显得聪明伶俐。这一带的砖铺小路，慢慢悠悠散步倒是极有情调，可惜年长日久，这里突出那里凹陷，不适合跑步，不小心会跌一跤。

　　剑桥（坎布里奇）费耶特街旁的猫。散步时经常打个照面儿。生性十分厚道，长相也够端庄。项圈上写着名字。看来很受主人疼爱。一叫就笑笑，但不过来。总是安安静静晒太阳，一副幸福的样子。我的知心朋友。

候只要在神户街头无目的地散散步，就开心得胸口怦怦直跳，可回想起来，竟已是四分之一世纪前的事了。时间静静地、不停顿地流向前去，惟独留下关于很多的猫和女友（这个数量没猫多）的记忆。

后记

　　这里收录的文章，从一九九四年春至一九九五年秋每月刊载在名叫 *SINRA* 的时髦杂志上。连载期间我一直住在马萨诸塞州剑桥（波士顿旁边），隶属位于邻市梅德福的塔夫茨大学。在剑桥，我从一九九三年夏至一九九五年夏住了两年时间。

　　此前旅居普林斯顿的生活情况已写成《终究悲哀的外国语》，因此这本书应是其续篇。不过，《终究悲哀的外国语》写得算比较认真（当然是就我来说），意在沉下心来冷静思索旅居国外期间所感受的种种事物，写起来自有其愉悦之处，也有所裨益。而这次我略为换了一下笔调，写得更为轻松，无拘无束。因为当时我正在严肃认真地写长篇小说，随笔之类——这么说或许不太合适，抱歉——

就想放松一些随意一些。所以，这本书的感觉应该同《终究悲哀的外国语》有很大差异，但愿您读起来轻轻松松怡然自得。

刚在杂志上刊载时，我就打算以如话家常的插图日记体写下去，连同安西水丸童趣盎然的艺术画和我太太业余水准的快照图片一起发表出来。考虑到单行本读者的口味，这次所选照片同杂志上的多少有所不同。多谢水丸和我的太太。还要感谢杂志的责任编辑松家君、盐泽君，感谢负责杂志连载和整理单行本的"拜领"小姐。从海外发稿连载，虽说现在因传真和电脑发达而比过去方便了，但现实当中还是有许多辛劳的，这点不能忘记。对负责装帧设计的藤本君（别名柳银八）和负责出版的元标寺岛君也要感谢。不过这一来，颇有点像电影的片尾字幕了。

另外，杂志连载时因篇幅所限，文章字数相对少一些；而结集时大加改动，字数也多了。可是回头看起来，虽说不是刻意所致，但关于猫的叙述和图片还是多了些。"旋涡猫"可顺利找到了？

村上春树

一九九六年一月

附录
和安西水丸谈寿司店

村上春树 安西水丸

村上 你喜欢寿司店，今天就谈谈寿司店好了。去寿司店的话，你大体是怎么个吃法？

水丸 我坐在厨台前吃着小菜喝酒，然后请厨师攥我喜欢吃的寿司，很少在餐桌上吃。

村上 因为相应上了年纪，最近我也以下酒小菜为主慢慢吃喝了。过去肚子总是饿，没办法慢慢来。狼吞虎咽猛吃一通攥寿司，最后来一碗什锦寿司，临走买粗紫菜卷寿司带回去——模式相当恐怖。

水丸 是够恐怖的（讶然，笑）。

村上 那一来，忙得没工夫吃小菜，活像马吃草。

水丸　……我先吃小鲹鱼和瘦鱼肉的，而不太喜欢金枪鱼较肥的部位，所以点瘦的。往下如果有好鱿鱼就吃鱿鱼，然后吃砗磲贝，不蘸甜酱。有兴致就吃海胆。最后吃紫菜卷。喝酒时我已吃了不少鱼片，紫菜卷最好爽淡些。最近常吃辣根卷——把辣根卷在里面。

村上　辣根卷？

水丸　把辣根切细，卷在饭里。

村上　好像好吃。

水丸　以前辣根卷很便宜的，点这个老板会显得不高兴，不赚钱嘛！但近来辣根身价百倍，态度好多了。把辣根泥这么卷起来倒也非常够味儿，不过还是把生的细细切了卷起来吃更妙。有点苦，很不错的。

村上　我么，一般从白碟鱼开始。也喜欢小鲹鱼，但总的说来更喜欢当下酒菜吃，喝酒时吃一点点。鲹鱼那东西没有饭干吃是让人踌躇的——趁那种感觉没上来时赶紧先吃一点点。也很不错。

水丸　我还是喜欢把鲹鱼放在砗磲贝上吃。

村上　各种看法、想法都有。当然不是大不了的事。

水丸　是啊。

村上　另外，你可有非在哪里吃海鳗不可的心情？

水丸　对了，女人喜欢吃海鳗的。

（"拜领"小姐）我不喜欢。

村上　噢——，莫非少女时代夏日傍晚被海鳗调戏过……

水丸　嘿嘿嘿嘿。我以为女人喜欢海鳗和章鱼是因为什么呢……

（村上……因为什么呢？）

村上　沙丁鱼有新鲜的，必定来一个。

水丸　沙丁鱼不错啊。还有，秋刀鱼也够味儿。

村上　肚子渐渐瘪下去了（笑）。不过，水丸，寿司店的味道固然重要，可顾客层也蛮重要的。

水丸　是啊是啊，顾客层是蛮重要。比如说，要是小毛孩子在旁边一个劲儿要海胆，到底叫人有点恼火。

村上　恨不得一脚踢去一边。另外，身上五光十色的"亮点"女人多了也够累的。香水味太强，生鲜东西的微妙味道就吃不出来了。很想让她们躲开。

水丸　在青山的"海味"后排座位上等待厨台空下来的时候，

一看见光闪闪的"亮点"女人的后背就火蹿头顶。

村上 肚皮渐渐鼓了起来（笑）。这还不算，有的寿司店很多人吸烟，这个也够难受的。厨台那里最好禁烟。有好几次呛得我没吃完就离开了。

水丸 寿司店厨台是应该禁烟，添麻烦的。手机也够讨厌。

村上 所以嘛，从顾客角度看，寿司店里我最喜欢的顾客到底是婚外恋情人。男的四五十岁，女的二十五六，在角落里静悄悄地谈得有滋有味，特符合寿司店风情。有情调，又安静。

（"拜领"小姐）嘻嘻嘻。

村上 "下一步就去干那事"的情人，从气氛上看得出来吧？

水丸 那还看不出，嘿嘿嘿。

村上 不过就我个人说，与其吃完寿司干，不如干完了慢慢吃更好一些。

水丸 哪里，一般都是吃完了干的。

村上 是吗，看来我是另类。可是，正干得来劲时忽然想起这个女的刚刚吃过金枪鱼海鳗海胆，不觉得扫兴？心想原来装了一肚子那东西啊，岂不一股腥味？

水丸　没人想那个的。再说吃完寿司，那方面反而生猛无比的，不信你试试看（笑）。那才成其为偷情世界。

村上　问题是，干完了肚子不饿？

水丸　饿什么！往下只管睡就是。干完那事爬起来去吃寿司，那样的家伙可只有你村上哟！